KEITAI
SHOUSETSU
BUNKO
SINCE 2009

野いちご

サヨナラのその日まで
そばにいさせて。

陽-Haru-

スターツ出版株式会社

10年ぶりに再会した幼なじみには、
　命のタイムリミットがあった。

好きになったらダメだったのかな？
私はアキを幸せにできないのかな？

「俺には、お前を幸せにしてやれへん」
　そう言って、アキは私をフッた。
「人の幸せを勝手に決めないでよ‼」
　そんな勝手な理由でフラれても、納得できないよ。

　限られた残りの時間を一緒に過ごしたい。
　私がアキを幸せにするんだ。

　残された私たちの時間を大切に過ごそう。
　二度と戻ってこない、かけがえのない日々を……。
後悔のないように……。

contents.

Chapter 1
再会 … 8
決意 … 15
歓迎会 … 23

Chapter 2
嘘 … 42
絶望と希望 … 50
写真 … 58
いらだち … 65

Chapter 3
体育祭 … 80
アルバム … 95
デート … 112

Chapter 4
態度の急変 … 126
あきらめ … 136
席替え … 144
不器用 … 156

Chapter 5
命懸けの行為 … 164
繋がる想い … 181
始まるふたりの時間 … 197

Chapter 6
残されている時間	208
ふたりの関係	217
別れ	231

Chapter 7
無力	240
弱虫	248
幼なじみ	254
守れなかった約束	260

Chapter 8
お泊まり会	272
約束	285

Chapter 9
生きた証	302
感謝	311
太陽と空と希望	318

あとがき	324

Chapter 1

再会

【咲希side】

夏休みが終わり、暑さがまだ残る9月。

新学期がスタートした。
外では蝉が騒々しく鳴いている。
そんな季節に似合う笑顔が教室にあった。
「立石太陽です、よろしく！」
教壇の前に立ち、ニコッと笑って自己紹介する男の子。
クラス中の視線はその男子に注がれている。
もちろん、私も。驚きを隠せない表情をしながら……。
本庄 咲希。高校2年生。
身長も成績も平均的な、どこにでもいる女の子。
セミロングの綺麗な黒髪が、唯一の自慢かもしれない。
自分ではサバサバした性格だと思っている。
男の子を見つめていると、チラッと視線が合った。
「おっ！ 咲希やん」
そう言って私を指さし、笑った。
「……なんで、アキがいんの？」
パチパチと瞬きをしながら見つめ返すと、ニコッと笑顔が返ってきた。
「なんでって、お前に会うために決まってるやん」
その一言でクラス中は大騒ぎになった。
いきなり、なにを言いだすんだ……と心の中でツッコむ。

「立石は……そこ座れ」
「は〜い」

ドキッとする私をスルーするように、マイペースな先生に適当に返事をしながら、アキは廊下側の一番うしろの席に着いた。

休み時間になると、アキの周りには人だかりができていた。

どうやらアキは、親の仕事の都合で転校してきたらしい。

一瞬、誰だかわからなかったけど、自己紹介を聞いてあの"アキ"だとわかった。

どこか子供の頃の面影が残っている。

「咲希」

ぼんやりアキを見ていると、背後から肩を軽くたたかれる。

「あ、空良。おはよう。遅刻なんてめずらしいね」

少し遅刻してきたうしろの席の高峰空良も、アキを見て驚いていた。

「なんでアキがいんの?」

「転校してきたみたいだよ。というか、よくアキってわかったね」

久しぶりに会うのに……。

そんな私の疑問には答えることなく、空良はうれしそうにアキのそばに行くと、ふたりは抱き合い、笑って話しだした。

そんなふたりの様子を見て、昔を思い出す。

今から10年前……。

私と空良、それからアキはご近所同士で仲よしだった。
　毎日、朝から夕方まで遊んでいた私たちは、小学校にあがる前のアキの急な引っこしで、離れ離れになった。
　アキが引っこしてからも、私と空良は小学校、中学校、高校とずっと同じで、仲よく過ごしていたけど、アキと連絡を取ることはなかった。
　関西の方に引っこしたとは聞いていたけど、子供だった私は連絡先を聞くことをしなかった。
「咲希！」
　突然、空良に呼ばれ、びくっとしながらもふたりのもとに向かう。
「久しぶりやな」
　ニッとやんちゃそうに笑うアキ。
　サラサラな黒髪が余計に、色白な肌(はだ)を際立たせている。
　その笑顔を見ると、昔となにも変わっていないように思えた。
　ていうかアキ、関西人になってるよ。
　そりゃあ10年も関西に住んでたら、関西弁にもなるよね。
「久しぶり……って、さっきのなに？」
「なにって？」
「私に会うためとか……びっくりするじゃん」
「ホンマ、俺もびっくりやわ。全然、顔変わってないんやもん」
　爆笑しはじめるアキに、隣で笑いをこらえる空良。
「空良も笑うな」

「悪い……アキの言うとおりだと思って」
　というより、話変わってるし。
　私に会うためとか、絶対、嘘だ。
「そんなことはいいとして、また親の仕事の都合で転校したの?」
「えっ?　あぁ……なぁ、それより放課後、案内してくれ」
　私の質問に、アキは少し言葉を濁すように答えると、話題を変えた。
「空良に頼みなよ」
「じゃあ、空良」
「じゃあって失礼だな」
　そう言って、ふたりはまた楽しそうに話しだした。
　なんだ……私は無視か?
　ここにいても仕方ないと席に戻ると、女子が数人近よってきた。
「本庄さんって、立石くんとどんな関係なの?」
　転校生に興味津々な女子たちに温度差を感じる。
　アキ本人に聞いてほしいと思いながら、遠くにいる彼を軽くにらむように見つめる。
　アキがさっき余計なことを言うからだ。
「……昔のご近所さん」
　って言っとこう。
　まぁ、本当にそれだけなんだけど。
「高峰くんも幼なじみなんでしょ?」
「いいよね～」

勝手に盛りあがる女子たちに適当に笑って相手をする。
　空良はさわやかで運動神経がよく、頭もよく、顔も整っているから女子たちに人気がある。
　しかも、本人が自覚しているから嫌になる。
「アキ、変わんねぇな」
　そう言って席に戻ってきた空良。
「まさか、また会えるとは思わなかった」
　アキとはもう会うこともないだろう、と子供の頃の記憶のひとつとして、心の奥にしまっていた。
「咲希の初恋の相手だもんな」
　ニヤッと意地悪そうに笑う空良。
　たしかに、そうだったけど……。
「今はちがうよ」
「わかってるよ」
　微笑みながら私の頭をなでた。
　空良はいつも私を子供扱いする。
　子供の頃からしっかり者だった空良と、無邪気なアキはタイプがちがったけど、ご近所同士ということもあって私たち３人は仲がよかった。
　頼りがいのある空良とちがって、子供なアキからは目を離すことができなかった。
　引っこすと聞いたときはさびしくて、もう遊べないんだ、離れたくない……という感情を持ったことを覚えている。
　そのとき、空良に『咲希はアキのことが好きなの？』と言われてはじめて、自分の恋心に気がついたっけ。

なつかしいな……。

　時間はあっという間に過ぎ、放課後になった。
「そ～ら～」
「今、行く！　じゃあな、咲希」
「うん」
　廊下から、暇そうな表情で呼ぶアキのもとに走っていく空良を見送る。
「私も帰るか……」
　久しぶりに会ったのに、全然アキと話せなかったな……。
　空良とはよく話してたけど、男同士だから会話が弾むのかな？

　寄り道もせずまっすぐ帰宅すると、ホース片手に額から汗を流すお母さんが庭にいた。
「……なにしてんの？」
「なにって、お花に水やりよ」
　花を育てるのが趣味なお母さんは、よく庭に咲いている花の名前や、その花言葉にはどういった意味があるのかを教えてくれる。
　今はヒマワリと、黄色やピンクの花びらをしたガザニアという花を育てている。
　花に水をかけるお母さんの横に立ちながら、今日の出来事を話す。
「お母さん、アキ覚えてる？　昔、仲よくしてた近所の男

の子」
　そう言うと、少しの沈黙のあとに「覚えてるわよ」と返事が返ってきた。
「今日、転校してきたんだ。また親の仕事の都合かな?」
「へぇ……また賑やかになるわね」
　そう言って微笑むと、お母さんは蛇口をひねって水を止めた。
「太陽くん、元気にしてた?　昔から体が弱かったから、元気にしてたのか心配だったのよ」
「うん……元気みたいだけど。なんで?　アキって体弱かったっけ?」
　どうだったかな?と小さい頃のことを思い出そうとするけど、10年も前のことで思い出せない。
「覚えてないの?　それならそれでいいんだけど。なにかあったら力になってあげなさいよ」
　そう言って、お母さんは肩にかけていたタオルで汗を拭きながら家の中へと入っていった。

決意

【太陽side】
「立石くん、ついてきて」
「はい」

職員室を出て、廊下を中年のおじさん、古典担当の担任のうしろについて歩く。

頭は少しはげていて、気の弱そうな先生に見える。

名前はたしか、木下。

外からは蝉の鳴き声が騒々しく響いている。

階段をあがり、ふたつ目の教室の前で先生は止まった。

"2-2"と書かれた教室の戸を開ける先生に続いて、俺は黙って教室に入った。

うるさかった教室は、俺の登場で一気に静かになった。
「転校生の立石くんだ」

教壇に立ち、先生は俺の名前を発すると、自己紹介するように促した。

クラス中の視線が俺へと注がれている。

俺は今日、この学校に転校してきた。
「立石太陽です、よろしく！」

俺はめっちゃ笑顔であいさつした。

クラスには驚いた表情の咲希がいた。

昔、仲よくしていた幼なじみの女の子。

同じクラスだとは知らなかったが、顔を見て一瞬で咲希

だと気がついた。
　うれしくなったのと同時に、全然顔が変わっていないことに噴きだしそうになった。

「アキ！」
　1時間目の授業のあとの休み時間、俺は早速、クラスのみんなに囲まれていた。
　転校生がめずらしいのか、「どこから転校してきたの？」と転校生にはおなじみの質問をされる。
　そんな中、「アキ！」と聞き覚えのある声が届き、安心する。
　俺を"アキ"って呼ぶヤツは、ふたりしかおらん。
「空良やん」
「元気だったか？」
「まぁな」
　そう言って、周りの目も気にせず抱き合う。
　俺らが親しげに話しだしたからか、クラスのみんなは不思議そうな顔をしつつも席に戻りはじめた。
「予定より早くね？」
「おー。早く学校来たくて。それに、急に来て空良をびっくりさせたくて」
　ははっと笑うと、空良は少しあきれたような顔をした。
「お前のせいで今日、遅刻したんだからな！　今日からお世話になるからっておじさんから連絡来て、母さんとお前のこと話してたら、今度はお前の母さんが今から来るか

らって連絡来て……。とりあえず、俺は遅刻するから学校来たけどさ」

ぶつぶつと文句を言う空良に、俺はおかしくなって噴きだしてしまった。
「ははっ。悪かったって！　そんなことになってるとは知らんくって」
「来るなら来るって言ってくれよな。それより、咲希はわかった？」
「おー。同じクラスやったんやな」

そう言うと、空良が咲希を呼び、久しぶりに3人で話した。

放課後になり、空良とふたりで町内を探索する。

まぁ、小さい頃住んでたから、なんとなくは覚えてるけど。
「なつかしいな」
「覚えてんだ？」

小さな古い駄菓子屋、おもちゃ屋、昔連れてきてもらった場所や建物が、今も変わらずにそこにある。
「あ、あの公園でよく遊んだよな」

道路をはさんで反対側にある、小さな公園を指さす。
「そうそう。よく咲希と3人でな」

なつかしそうにククッと笑う空良。

昔と笑い方が変わってない。

砂場とブランコに滑り台と、どこにでもある普通の公園だけど、子供の俺らには最高の遊び場だった。

当時、おにごっこなど走りまわる遊びができない俺は、

よく砂場で泥団子や砂山を作ったりして遊んでいた。
　ひとりで遊んでいるのがさびしく見えたのか、咲希や空良が声をかけてくれ、毎日のように一緒に遊ぶようになっていった。
　そんなことを思い出しながら空良へ視線を移す。
「な〜、咲希には内緒やからな」
「わかってるよ……」
「男と男の約束やで！」
「暑苦しいぞ……」
　ひとり燃える俺に苦笑する空良。
　俺がここに戻ってきたのには秘密がある。
　咲希は小さかったから覚えてないかもしれないが、俺は生まれたときから心臓が悪かった。
　関西の病院で心臓の手術をするために引っこしたが、手術をしてもそんなによくなることはなく、入退院をずっと繰り返していた。
　だから、学校になかなか通えない時期もあったし、あきらめないといけないことも多かった。
　運動会や遠足など、体を動かす行事は体調不良で休んだりと、参加できないことが多かった。
　友達と走りまわったり、心臓に負担のかかるような物を食べたりして、突然発作を起こして病院に運ばれることもあった。
　そんなことを繰り返していくうちに、友達から遊びに誘われなくなり、自分からも距離を置くようになった。

6年生のときに、自分の病気は手術をしてもよくならないと知ってからは、友達を作ることも、なにかをすることも、ムダなことだとあきらめるようになった。

　だから、友達は、引っこしてからも遠くからわざわざ遊びにきてくれる空良しかいなかった。

　あともうひとり、"ハルくん"と呼んで慕っていた6歳年上のお兄ちゃんだけだった。

　ハルくんは入退院を繰り返す俺を、本当の弟のように可愛がってくれていた。

　だけど、去年……ハルくんはガンで亡くなった。

　ハルくんのお父さんもガンだった。

　同じ病気を患ったハルくんは、俺にがんばって生きることを教えようとしてくれた。

　ハルくんには大切な幼なじみの彼女がいて、ふたりの間には子供が生まれた。

　その子供と彼女のためにも死にたくないと、ハルくんは闘病生活をがんばっていた。

　……けれど、生きたいと願うハルくんの思いが叶うことはなかった。

　そんなハルくんの姿を見て、自分にはそこまでがんばって生きる理由も見つからなくて、病気に立ち向かう勇気が持てなかった。

　だから、いつか自分も死ぬんだと悟った俺は、海に入って死のうとした。

　どうせ病気も治らないし、すべてがどうでもよく思えた。

そんな俺を、空良は必死になって止めてくれた。
『俺が、お前に生きたいって思わせてやる！』って。
　空良のためにも、必死で生きてみよう……。
　残りの時間を、ハルくんに恥じないように生きないと……。
　そのとき、そう思ったんだ。
　だから、最後のワガママだと両親を説得して、空良のいるこの町に戻ってきた。
　楽しいことややりたいこと、生きたい、死んでたまるかって思えるような最後の時間を送るつもりで。
　このことを知ってるのは空良だけ。
　俺に残された時間がどれだけあるかはわからんけど……。
　俺は毎日、笑って過ごしたいねん。

* * *

「おぉ〜……さすがお坊っちゃん」
「はじめて来たわけじゃないだろ」
　町内探索を終えて、空良の家に着いた。
　小さい頃に何度か遊びにきていたが、久しぶりに見るとこんなに立派な家だったかな、と驚いてしまう。
　空良の家は病院をいくつか経営していて、簡単に言えばお金持ちだ。
　空良はいわゆる跡取りやな。
「ガキの頃からなんとなくスゲーとは思ってたけど、今あらためて見てもスゲー家だな」

大きな邸宅の廊下を歩きながら、周りをキョロキョロする。

そしてある部屋に着き、襖を開けて中に入る。

「今日から世話なります」

空良にとりあえず頭を軽くさげる。

「お前の荷物、まだ届いてないみたいだけど」

突然、転校してくるから……と文句を言う空良に、笑って返事をする。

「大丈夫、お前の借りるから」

「……あぁそう」

あきれた返事をする空良におかまいなしに、部屋でくつろぐ。

本当はもう少しあとに、空良の家に来てから学校に行く予定だった。

けど、こっちの病院に検診に来たら、早く学校に行きたいと思ってしまい、そのまま転校することに決めたのだ。

手続きは事前に済んでいたから、学校も受け入れてくれた。

それで、予定より早くなった引っこしに、荷物の発送が間に合わなかった、というわけ。

俺は今日から1年間、空良の家で世話になる。

なにか起きても医者がいる家だと安心だから、と両親を説得して、この家に居候させてもらうことになった。

なにからなにまで、空良は俺のためにやってくれる。

生きることも、ここでの生活のことも、自分のことのように気にかけてくれる。

空良には感謝の言葉しかない。

まぁ、1年もおるか、わからんけどな。
「あとで服とか持ってくる」
「サンキュー」
　そう言って空良は部屋を出ていった。
　部屋は和室でムダに広く、ベッドと箪笥(たんす)、勉強机に小さな丸テーブルがセットされていた。
「今日からここが俺の家か」
　畳(たたみ)に寝転び、天井を見つめる。
　これから、なにかやりたいことが見つかるやろうか。
　死にたくないと思えるような出来事が起こるやろうか。
　……ハルくんみたいに、がんばれるやろうか。
　そんなことを思いながら俺は目を閉じた。

歓迎会

【咲希side】

アキが転校してきて1週間がたった。

すでになんの違和感もなくクラスに溶けこんでいる。

空良といつも一緒にいるアキは、つねにみんなの注目を浴びていた。

そして、そのふたりと仲よくしている私も……。

といっても、休み時間に話す程度。

アキと空良は、放課後にふたりで出かけたりしているみたいだけど、私は学校以外で会うことはまだない。

「咲希は部活、なんかしてるん？」

ざわざわと騒がしい休み時間、教室で小さなパックに入った牛乳を飲むアキと、空良と3人でいつものように話す。

「写真部」

「写真部!? 意外やわ」

「失礼な！」

予想外だったのか、本当に驚いた表情をするアキ。

写真部に入ったのは入学式の部活案内で見た、ふたつ上の先輩の写真がすごく気に入ったからだ。

すごく大人っぽい、美人な先輩だった。

先輩は人を対象に写真を撮っていて、撮る写真はどれも心が惹きこまれるほど綺麗で、自然体な姿を写した写真だった。

私もそんな写真が撮りたいと思い、写真部に入部した。
　でも、まだ先輩みたいに"いい"と思える写真は撮れないでいる。
「咲希の写真は綺麗だよ」
　隣で苦笑しながら見ていた空良のフォローに、アキは目を輝かせた。
「へぇ〜、今度見せてな」
「……いいけど」
「決まりやな」
　ニカッと笑うアキは、子供の頃と全然変わっていない。
「アキは部活やらないの？」
　ふと疑問に思い、問う。
「俺は帰宅部」
　ストローから口をパッと離し、微笑んだアキ。
「どうして？　運動神経よさそうじゃん」
　細くて身軽そうなアキは、前の学校でもなにか運動部に入っていたのではないかと思った。
「空良が、"俺の人気が落ちるから部活やるな"って言うねんもん」
「……おい、勝手に話を作るな」
　ふざけて言うアキの頭を軽くたたく空良。
「冗談やろ！」
　そう言って楽しそうにふたりで話しはじめる。
　またひとり取りのこされたよ……。
　関西のノリに私がついていけないのか、それとも、ふた

りのノリについていけないのか……たまにふたりから取りのこされた気持ちになる。

　それに、空良がこんなに楽しそうに話しているのが新鮮な気がする。

　ていうか、また話そらされた？

　男の子同士だからかな。

　小さい頃は感じなかったけど、今はたまにふたりの空間に入っていけない。

「咲希は？」

「へっ？　なに？」

　ぼーっとふたりを見つめていると、急に話を振られ、ヘンな声を出してしまう。

　いきなり話を振られても……。

　聞いてなかった。

「なにヘンな声出してんねん」

　ぶはっと笑うアキにはずかしくなり、笑うなと軽くにらみつける。

　そんな私とアキを無視して、空良は話を続ける。

「で、今日俺んち来る？」

「空良の家？　なにしに？」

「アキの歓迎会」

「いいけど……」

「じゃあ放課後、一緒に帰ろう」

　そう言って空良とアキは教室を出ていった。

　なんかあのふたり、久しぶりに会ったにしては仲よすぎ

ない?

　ちょっとふたりを疑いの心で見てしまった。

「咲希ちゃん、立石くんとも仲いいってズルイよ」

　保健体育の時間、先生の話も聞かずに、一番仲のいい相原未来ちゃんが口を尖らせながら声をかけてきた。

　メガネをかけていて、いつもポニーテールやふたつに髪を結んでいる、2次元のイケメンが好きな女の子。

　だからなのか、漫画の世界にいそうなイケメンである空良のことを、かっこいいとよく顔を赤らめながら言っている。

「そんなことないよ……私なんてほとんど無視されてるし」

「え〜……ふたりと一緒にいられるだけ贅沢だよ‼」

　贅沢って……なにが?

　口をぽかんと開けたまま未来ちゃんを見る。

「立石くん、高峰くんほどじゃないけど綺麗な顔立ちしてるし、あの笑顔と関西弁はいいよ‼」

　興奮する未来ちゃんについていけない……。

「そうなんだ。未来ちゃんたちにはそう見えてるんだね」

　その感覚がよくわからないまま返事をする。

　でもたしかに、アキの子供みたいな笑顔は無邪気で可愛い。

　空良が落ちついているからか、アキは子供みたいに見える。

　大人っぽく見える空良と子供みたいなアキのふたりがそろっているのが、女子にとってはいいみたいだった。

「あ、男子は外で体育なんだね」

　窓から男子の体育をのぞく未来ちゃんにつられ、私も外

に視線を移す。
　男子たちはハードル走のタイムを計っていた。
　炎天下、外での体育は日焼けするから嫌だ。
　って、今日は女子は保健体育だから、教室で授業を受けているんだけど。
　さっきからずっと流れ続けているビデオを見ることもせず、男子のハードル走を眺める。
「高峰くんだ！」
　軽々とハードルを飛んで走り抜ける姿に、未来ちゃん以外にも窓際の女子は熱いため息をつきながら見ている。
　さすが空良、速い……。
　感心しながら、空良から視線を移すようにアキの姿を探すけど、見当たらない。
　アキはどうなんだろ？
　アキも運動神経よさそうだし、速いんだろうな。
　そう思い、期待しながら見続けていたけど、アキがハードルを飛ぶことはなかった。

「アキ、さっきの体育、休んだの？」
「えっ？　なんで？」
　体育が終わり、教室に戻ってきて雑誌を読みはじめるアキに聞いてみる。
「体育の授業のぞいてたけど、アキの姿が見えなかったから」
「あぁ……サボりや」

首をポリポリかきながら、ははっと苦笑する。
「誰にも言うなよ」
「言わないけど……」
「なぁ、それより俺の歓迎会ってなにしてくれんの？」
「なにって……なにすんだろ？」
　というか、アキたちに誘われたんだけど……。
「空良が考えてるんじゃない？」
　適当に答える私に、「そうかもな」と笑ったアキ。
　なんでも言い合っていた子供の頃とちがって、今のアキはいつも肝心(かんじん)なところで話をごまかしている気がする。
　イマイチ、アキがつかめない。

「咲希、帰るぞ〜」
　放課後、教室で未来ちゃんと話していると、廊下からアキの声が届く。
「わかった〜。じゃあね、未来ちゃん」
　カバンを持ってバイバイと手を振り、下駄箱(げたばこ)へ向かおうとすると、ガシッと腕(うで)をつかまれた。
「咲希ちゃん、立石くんと帰るの？」
「空良も一緒だよ？」
「……ズルイ！」
「へっ？」
「やっぱり、咲希ちゃんはズルイよ〜」
　口を尖らせ、うらやましそうに未来ちゃんは言うけど、よく話がわからない。

なにがズルイの？

今日、ずっと文句を言われている気がする……。

「アキの歓迎会するだけだよ」

「歓迎会!? いいなぁ〜」

「未来ちゃんも行く？」

「いいの!? ……って、やめとく」

「どうして？」

一瞬、目を輝かせたのに。

「高峰くんファンのコとかにうるさく言われるの、嫌だもん」

まぁ、たしかに……。

空良のファン、多いしね。

私は昔から、空良と仲がいいことについていろいろ言われるのは慣れてるけど……。

「じゃあ私、行くね」

「うん、明日話、聞かせてね」

ふたたびバイバイと手を振って未来ちゃんと別れ、下駄箱へと急いで向かった。

「遅い！」

「ご、ごめん……って空良は？」

下駄箱にはすでに靴を履き替え、不機嫌そうな表情で待つアキがいた。

「部屋片づけるって先に帰った」

「そうなんだ」

「行くか」
　そうしてふたりで空良の家へと向かう。
　今気づいたけど、アキとふたりで帰るってはじめてかも。
　空良以外の男の子と帰るのははじめてで、少し緊張してしまう。
「そや、服着替える？」
「服？　どうして？」
「制服やと嫌かと思って」
「ううん、制服のままでいいよ。アキは？　着替えに帰る？」
「俺は大丈夫。空良の家やから」
「空良の家？」
　ん？とアキを見つめる。
「あれ？　言ってへんかったっけ？　俺、空良んちで世話なってんねん」
　サラッと言うアキ。
「聞いてないよ!!」
「空良から聞いてんのかと思ってた」
　ケラケラ笑うアキに、あきれてため息が出る。
　えっ？
　ってことは……。
「親は一緒に引っこしてないの？」
「……あぁ、そやな」
　首をポリポリとかく。
「どうして……？」
「俺のワガママ……やな」

「……どういう意味？」

　私の質問に答えることなく、アキは困ったように微笑んだ。

　アキ……？

　そのあと空良の家に着くまで、アキがその話に触れることはなかった。

　学校から歩いて15分ほどのところに空良の家はある。

　空良の両親は医者で、すごくお金持ちなのがわかる立派な外観をした大きな白い家。

　当たり前のようにアキは玄関のカギを開け、家の中へと入っていく。

「ただいまー。空良、入んで？」

　空良の部屋をノックすると、返事が来る前に勝手にドアを開けて入る。

　ドアを開けた瞬間、驚きの光景が目に飛びこんできた。

「部屋が綺麗に片づいてる！」

「咲希……驚きすぎ、ていうか失礼だろ」

「だって、空良って見た目とちがって、結構散らかし上手じゃん」

「散らかし上手ってなんやねん」

　私の言葉にアキはおかしそうに笑う。

　最近、遊びにきていなかったけど、私の知るかぎり、空良は綺麗好きに見えて、部屋は雑誌や服、CDなどがいろいろな場所に置かれていて、見た目からは想像できない部屋で過ごしている。

空良のファンの子が見たらびっくりするだろう。
　　いや、幻滅(げんめつ)するかもしれない……。
「適当に座って」
　　空良はソファに腰かけ、その隣にアキが座った。
　　空良の部屋は洋室で、ベッドや勉強机、クローゼットにパソコン、ソファに腰かけて見られる大きなテレビがある。
　　私はとりあえず、じゅうたんの上で足を楽にして座った。
「で、歓迎会ってなにするの？」
　　私は出されたジュースを飲みながら、ソファに座る空良を見あげる。
「昔話」
「……昔話？」
　　サラッと言う空良に私は首を傾げる。
「それって、"昔々あるところに……"ってやつか？」
「それは昔話だろ」
　　ペシッとアキの頭をたたく空良。
「昔話ってお前が言うたんやんけ！　合ってるやろ」
　　痛いな～とたたかれたところをさすり、アキは空良に蹴(け)りを入れる。
「本当の昔話してどうするんだよ。俺たちの昔の話でもしようってことだろ」
　　あきれた表情でアキを見る空良。
　　するとアキは、「それならそう言えや！　なぁ、咲希」と、私に急に話を振ってきた。
「えっ？　あ、うん」

いきなり話振らないでよ。
というかさ。
「あんたたち、漫才してるみたいだよね」
「「はっ？」」
息までぴったしじゃん。
「咲希、それ本気で言ってるんなら怒るぞ」
ムスッとした空良に対し、アキはすごい笑顔。
「なんでやねん！　おもしろいってことやで？　喜べよ！」
「誰が喜ぶかよ！　俺のイメージが崩れるだろ」
「お前、意味わからんわ」
こんな言い合いがしばらく続き、ふたりとも疲れはてていた。
私はこんなふたり、おもしろいと思うけどな。
空良は、表面上は誰に対しても優しいし、仲よく接してはいるけど、本当に心を開いている友達はいないように見える。
私以外にはあまり素直になることがない性格だから、アキみたいな人が近くにいたら、もっと人と仲よくできて、友達も増えるのに……。
「お、これなつかしいな」
本棚にしまわれていたアルバムを勝手に引っぱりだし、アキはうれしそうに見はじめた。
「これ覚えてるよ！　たしか、空良んちでお泊まりしたときだよね」
公園で遊んでいる写真や、空良の家の庭で花火をしてい

る写真、近所のお祭りに行った写真など、なつかしいのがたくさんあった。

そして今見ているのは、6歳のときにアキと一緒に空良の家に泊まったときの写真。

家が広くてまっ暗だったせいか、心細くなって泣いたんだよね。

その姿を、空良の家のお手伝いさんが撮った写真だったはず。

「アキ、泣いたよね」

ひひっと、私は意地悪な笑みを浮かべる。

「お前もやろ」

アキは顔を少し赤くして反抗(はんこう)してくる。

「それで結局、ふたりとも親に迎(むか)えにきてもらったよな」

ククッと思い出し笑いをする空良。

「そうそう、なつかしいよね～」

たしか、このお泊まり会が、3人で過ごした最後の夏だった気がする。

このお泊まり会の数日後に、アキは関西の方へ引っこした。

「またお泊まり会しようや」

なにを思ったのか、突然びっくり発言をするアキに目を向ける。

「……本気で言ってんの？」

信じられない、といった表情を浮かべる私を尻目(しりめ)に、「当たり前やん」と子供みたいにニカッと笑った。

いやいや、当たり前って意味わかんないし。

もう高校生なのに、お泊まり会って……。
　　小さい子供のときとはわけがちがう。
　　それに……。
「アキはここに住んでるんだから、お泊まり会にならないよ」
「あ〜……大丈夫！」
　　大丈夫ってなにが!?
　　もうツッコむ気すらしない。
「ふたりで話を進めるなよ」
　　話に加わる空良に、アキは言葉を続ける。
「大丈夫やろ？」
　　だから、なにが……!?
　　本当にお泊まり会するの？という目で、空良とアキの顔を交互に見る私をよそに、空良は「べつにいいけど……」とため息まじりに答えた。
　　なんか、いつもふたりで話が進むよね。
　　私って、いる意味あるの……？
　　はぁ〜……と私までため息をつく。

　　アキが本気で言っているのかわからないまま、具体的な話が出ることもなく、歓迎会という名の思い出話会はそろそろ終わろうとしていた。
　　ただジュースを飲んでゲームをして、アルバムを見て盛りあがっただけだったけど。
　　外が暗くなりはじめ、時計を見ると、19時になろうとし

ていた。
　もうこんな時間……そろそろ帰らなきゃ。
「そろそろ帰るね」
　テーブルの上に散らかしていたお菓子やジュースを片づける。
「なら、送るわ」
　テレビを観ていたアキが立ちあがった……が、すぐに空良に止められた。
「俺が送る。アキは予定あんだろ？」
「"予定"……ねぇ」
　意味ありげに「はいはい」と適当に返事をし、私に手を振る。
「また明日な〜」
「うん……バイバイ」
　予定ってなんだろうか、と気になりつつも、手を振り返し、空良の部屋を出る。
　それより……。
「送ってくれなくても大丈夫だよ？　近所なんだし」
　玄関で靴を履きながら、空良を見る。
「いいの。俺が送りたいだけだから」
　ふっと優しく笑い、玄関を出ていく空良をあわてて追いかける。
　外はすっかり暗くなっていて、空には星が浮かびはじめていた。
「こうやって３人で話すの、楽しいよね。アキが関西弁話

すから余計かな？　関西弁って明るくて、楽しそうに聞こえるよね」
「ははっ、たしかに」
「あ、どうしてアキが空良の家に住んでること、言ってくれなかったの？」

　私の歩くペースに合わせて隣を歩く空良を見あげる。
「あ〜……言いそびれた」

　ははっと、ごまかすような笑い方をする。
「だってさ、一緒に住んでるってことは、空良はアキが転校してくること知ってたってことでしょ？」

　どうして言ってくれなかったのかな？
「咲希を驚かそうとして黙ってたんだよ」

　そう言って、いつもの余裕の表情に戻る。
「着いたぞ」

　空良の言葉に、視線を空良からそらす。

　気づけば、もう家の前だった。

　空良と私の家は歩いて5分程度の距離しか離れていない。

　空良の家とちがって、私の家はいたって普通の一軒家だけど。
「じゃあな」
「ちょっ……！」

　手を軽く振り、逃げるように帰っていく空良の背中をつかもうとするけど、逃げられてしまった。

　空良もアキも、なんか怪しい……。

　絶対、私になんか隠しごとしてるよ。

【太陽side】
　歓迎会を終えると、咲希を送り届ける空良を見送り、俺は病院に来ていた。
「はい、息吸ってー、吐いてー……」
　ひんやり冷たい聴診器を胸に当てられる。
「……はい、大丈夫」
　聴診器を外すと服を着るように言われ、シャツのボタンをとめる。
「どう？　苦しいとかある？」
　カルテになにか書きながら、言葉だけ俺にかける先生。
　俺は病院特有の臭いが漂う診察室があまり好きではない。
「べつに……最近は落ちついてるかな」
「そう。ちゃんと定期検診は来るようにね」
「はーい」
　ボタンを全部とめ、先生に話しかける。
「なぁ、高良くん」
「ん？」
「俺、高良くんが診てくれてんのが不思議やわ」
「なんだよ、それ」
　ははっと笑い、カルテを書く手を止め、俺の方に向きなおる。
「だって俺らがガキの頃、高良くんってまだ学生やったやん」
「学生じゃなくて、研修医だったの」
「どっちでもえーわ」

なんだそれ、と笑い、高良くんはなつかしそうな顔をする。
「でもまさか、僕も太陽を診ることになるなんて思わなかったよ」
「やろ？　高良くんには感謝しなあかん」
「感謝って、当たり前のことをしてるだけだよ。それより、病院では先生って呼んでほしいな」
　ニコ〜とさわやかな笑顔を見せる。
「え〜……なんや、むずがゆいわ」
　体をかく仕草をしてみせる。
　高良くんは空良の従兄弟にあたる人で、俺がガキの頃によく遊んでもらっていた。
　空良に似ていて、さわやかな大人の男って感じ。
　今は、空良の父親が経営する病院で医者をしている。
「そろそろ帰らな。じゃあな、高良くん」
　壁にかかっている時計を見て診察室を出ようとすると、高良くんに呼び止められる。
「太陽、無理せずにいつでも来るように。薬も忘れず飲んで、ちょっとでもしんどいなら病院に来ること。いいな？」
「高良くん、医者みたいなこと言うな」
「医者だから……わかった？」
「わかってますよ、先生」
　そう言って診察室をあとにした。
　高良くんがあまりにも真剣な目を向けてくるから、俺はわざとふざけた。
　なんか、そうしなやってられん気がして……。

診察室を出ると、廊下にあるイスに腰かけながら、空良が本を読んでいる姿が目に入った。
「なにしてんの？」
「終わった？」
　俺の声に気づくと、本を閉じて立ちあがる。
「咲希は？」
「ちゃんと送ってきたよ」
「そうか。で、お前はなにしにきたん？」
「暇だからお前を迎えにきただけだよ」
　そう言って会計へと歩きだす。
「空良」
「なに？」
　俺の方に振り返る空良と、さっきの高良くんの表情がかぶる。
「高良くんってお前と似てるよな」
「なんだよ、いきなり」
　意味わかんねぇ、と小さく笑った空良。
　今、俺、なにを言おうとしたんやろ……。

Chapter 2

嘘

【咲希side】
　次の日、学校に行くと、未来ちゃんがうれしそうに近づいてきた。
「咲希ちゃん、おはよ〜」
「あ、おはよう」
　私の前の席に座り、耳もとで話してくる。
「昨日はどうだった？」
「……歓迎会？」
　なんで小声で話してくるんだろ……。
「うん！　どうだった？」
　なにかを期待しているかのような、キラキラした目を向けてくる。
「う〜ん……ただ昔の話をしただけだよ」
「そうなんだ」
　あきらかに、がっかりというような表情をする。
　いったい、なにを期待してたんだ……。
「今度は未来ちゃんも一緒に遊ぼうよ」
「うん！　あ、でもな〜……」
「大丈夫だよ。空良のファンのことなんか気にしなくても」
「う〜ん……」
　真剣(しんけん)に考えこむ未来ちゃん。
　ふたりと仲よくしたい子は自分からアプローチするんだ

から、べつに気にしなくてもいいのにな。
「咲希、おはよ」
　うしろからあいさつされ、顔だけうしろに向けると空良がいた。
「おはよ〜」
「あ、相原さんもおはよ」
「お、おはよう……！」
　空良のさわやかスマイルに顔を赤くする未来ちゃん。
　未来ちゃん、その笑顔にだまされちゃダメだよ……！
　カバンを置くと、未来ちゃんにニコッと笑顔を向け、空良は席を離れていった。
「どうしよー！　あいさつしちゃった！　あ〜……かっこいいよ〜」
　自分の武器を知っていて笑顔を未来ちゃんに向ける空良は、計算高いと思う。
　でも、そんな空良に気がつかない未来ちゃんは、その笑顔に崩壊した。
　未来ちゃんは空良のどこが好きなんだろうか。
　空良の本当の性格を知っている私としては、なにがいいかわからなかった。
　べつに性格が悪いとかではないけど、空良の笑顔は本心が見えない気がする……。
「……未来ちゃん、落ちついて！　深呼吸して、深呼吸」
　スーハーと呼吸を整え、やっともとの未来ちゃんに戻る。
「咲希ちゃん、よく高峰くんといられるね」

「どういう意味？」
「あんな綺麗な顔といたら緊張しない!?」
「んー……べつに。昔から一緒にいるから気にしたことないかな〜」

　そう言うと、「そういうもん？」と納得しない表情をした。

　子供の頃は、女の子にまちがわれるくらい可愛い顔をしていた空良だけど、気がつけば男らしい綺麗な顔に育っていた。

　たしかに綺麗な顔立ちだとは思うけど、緊張っていうのはしたことがないかな。

「咲希」
「あ、おはよ」

　突然アキに話しかけられ、びっくりしてしまう。

「空良、知らへん？」
「さぁ……？　さっきまでいたんだけどな。トイレかな？ アキ、一緒に来たんじゃないの？」
「そうなんやけど……」

　どこ行ったんやろ、と教室を見まわすアキ。

「なにか用事？」
「あー……ちょっと」
「帰ってきたら伝えておこうか？」
「いや、自分で言うから大丈夫。話の邪魔して悪かったな」
「ううん……」

　自分の席に戻るアキを見つめる。

　なんの用事だったんだろう。

「咲希ちゃん!」
「ごめん未来ちゃん、話してる途中だったのに」
「ううん! 咲希ちゃんは、立石くんにも緊張しないの?」
「……うん」
「幼なじみっていっても、子供の頃でしょ? 久しぶりに会って緊張したりしない!? 男の子だ〜って」
「う〜ん……しないかなぁ」

廊下側の一番うしろの席にいるアキを見ながら答える。

たしかに子供の頃のアキと今のアキはちがうけど、べつに緊張したりはしない。

空良と一緒で、仲のいい異性の友達って感じかな。
「咲希ちゃんって、もしかして恋に興味がないの?」
「……そういうわけじゃないけど」

私の初恋はアキなんだから。

でも、今はなんだろ……ふたりは別?

恋愛対象として見ることはない。
「意識して接してみたら? もしかしたら、どっちかを好きになるかもしれないよ」

うれしそうに話す未来ちゃん。

絶対、楽しんでるな……。

そんな未来ちゃんに適当に笑って「どうだろうね」と返事をした。

未来ちゃんに言われ、あらためて考えてみる。

アキは細くて、身長も他の男子に比べて少し低い。

それを気にしてかはわからないけど、よく牛乳を飲んで

いる。

　空良は身長が高くて、顔も綺麗だけど、昔からの仲だからか、私には女子が騒ぐほどの空良のよさがわからない。

　だからか、アキも空良も、男の子として意識することはなかった。

【太陽side】
　学校に着いた俺は、まっすぐ職員室へと向かった。

　トントンと軽くドアをノックし、「失礼しまーす」と職員室へ入る。
「せんせー」
「おー立石、なんの用だ？」
　授業の準備をしていた木下先生は顔を俺に向けた。
「頼みがあるんですけど」
「なんだ？」
　まぁ座れ、と隣の机のイスを用意してくれる。

　俺はイスに座り、少しためらいながら話しはじめた。
「先生たちは俺が病気だって知っていると思いますが、俺が具合悪くて保健室にいるとき、クラスのヤツらにはサボってるってことにしてもらえませんか？」
「どうして？」
　意味がわからない、という表情を浮かべる先生。

　たしかに今さら、意味がわからないだろう。

　転校してきて咲希やみんなと少し過ごしたが、病気のことを知られていない方が、みんなが気を遣わないで接して

くれると思った。
　昔から、俺が病気だと知ると、みんな気を遣ったり距離を置くようになった。
　だから、サボっている、だらしないやる気のないヤツだと思われた方が過ごしやすいと思ったんだ。
「毎回、保健室にいるって言ったら、怪しいじゃないですか。だから、みんなにはサボってるって思われた方が、俺的には楽なんです。みんなに病気だって知られたくないんで……」
　そう言うと、先生は納得したようにうなずいた。
「わかった。他の先生にも伝えとくよ」
「ホンマ!?　ありがとうございます!」
　笑顔で言うと、先生はあきれたような優しい笑みを浮かべた。

　職員室をあとにして教室へ行くと、先に教室へと向かったはずの空良の姿が見当たらない。
　トイレにでも行ったのかと、ふたたび廊下に出る。
「空良、はっけ〜ん」
　廊下を歩く空良をようやく見つけた。
「おー……って、アキかよ」
　わざと残念そうなそぶりをする空良に近よる。
「今、先生に言ってきた」
「で?」
「わかったってさ。だから、お前も俺のフォロー、頼んだ

からな」
「りょーかい」
　そう言って廊下を歩きだす。
「そういうことで、俺今からサボりやし、よろしく」
「はいよー」
　手をひらひら振り、教室に入っていく空良と別れた。
　1時間目は自習で、体育祭の種目を決める予定になっていた。
　その場にいて、体育祭の種目のどれにも出場しないとか言いにくいから、俺は保健室に避難(ひなん)することにした。
　運動はいっさいしてはいけない体だから、昔から体育や体育祭に出たことがない。
　当然、今回の体育祭も見学になる。
　みんなには本当のことは言えへんけど、細かいことは空良に任(まか)せといたら大丈夫やろ。

「ベッド借りますよー」
　保健室の戸を開けながら言う。
「今日はどうしたの？」
　30代なかばの、優しい笑顔でふっくらした保健室の先生。
　あだ名はふっくらしてるから、"ふくちゃん"らしい。
　なんや、簡単なあだ名のつけ方や。
　ふくちゃんは、消毒液や絆創膏(ばんそうこう)のある棚を整理していた。
「サボりです……」
「だったら教室戻りなさい」

「冗談です！　なんか教室にいづらくて……」

　怒ったような表情をするふくちゃんに、笑いながらあわてて答える。

　ふくちゃんは丸イスを用意し、座るように促してきた。

「それなら、ちょっと話しましょうか」

　優しく微笑むふくちゃんの前に、俺は腰をおろした。

「今さー、体育祭の種目決めしてて……。俺、出られへんから、あんまりその空間にいたくないっていうか……」

「友達は知ってるの？　立石くんの病気のこと」

「いや……空良だけです」

「話す気はないの？」

「ないです。心配かけたくないんで……」

　ははっと、作り笑いを浮かべる。

　ふくちゃんは悲しそうな表情でそんな俺を見た。

　なんやねん。

　先生までそんな顔で見んなや……。

　同情するような眼差しを向けられ、少しムッとしてしまう。

「……ベッド、借ります」

　小さくつぶやき、俺はベッドに横になった。

　なんか腹立ってきた。

絶望と希望

【空良side】
「空良、アキが探してたよ」
　席に戻ると、咲希が話しかけてきた。
「あー……聞いた」
「なんだったの？」
「1時間目、サボるんだって」
「……なんで？」
「体育祭、出ないから」
　サラッと言う。
　咲希はアキがなんで出ないのか気になる様子に見えたけど、ちょうどいいタイミングで先生が入ってきた。
　アキには、病気のことを知らない咲希に、わざわざ話す必要はないと言われている。
　だから、会話を強制終了できて助かった。
　アキは病気のことを知られて、咲希に距離を置かれたり、同情されたりするのが嫌みたいだ。
　俺は、咲希にも話してもいいんじゃないかと思っている。
　知ったからといって距離を置いたり、気を遣ったりするような子じゃない。
　ただ、なにかあったときに悲しんだりする子ではある。
　見た目よりも強くないから。

アキは昔から人と距離を置いてきた。

お兄ちゃんみたいに慕っていたハルくんや、俺以外とは仲よくなるつもりがなかったし、病気だからという理由でいろいろなことをあきらめてきた。

そんな中、俺らが小学6年生のときにハルくんがガンになった。

そして、去年亡くなった。

22歳という若さだった。

アキはいつ知ったのか、自分の病気は手術をしてもよくならないことを知っていた。

余命が長くないことも……。

がんばって闘病生活を送っていたハルくんが亡くなったのが相当ショックだったのか、アキは生きる気力をなくしていた。

そして今年の夏、アキはついに海に入って死のうとした。

その日、流星群を見にいこうと約束をしていた俺は、アキの入院先である病院まで迎えにいった。

でも、病室へ入るとアキの姿はなかった。

嫌な予感がした俺は、病院内や病院付近をあわてて捜しはじめた。

いくら捜しても見つからず、途方にくれていると、アキがいつも病室の窓から海を見ていたことを思い出した。

もしかしたら……と思い、急いで海へ向かった。

すると、月明かりに照らされた暗い海の中へと進んでいくアキの姿が、目に飛びこんできた。

『……っ、アキ!!』
　胸もとまで海に浸かりかけているアキを見つけ、俺はあわててバシャバシャと海に勢いよく飛びこんだ。
『太陽!!　なにしてんだよ!?』
　バッと腕をつかまれ、足を止めて振り返るアキは、青ざめた表情だった。
『……そ……ら?　……な……んで』
『なんでじゃないだろ!　なにやってんだよ』
『……ハルくんが……呼んでる……』
　そう言って月を見あげ、さらに沖へ進もうとする。
『はっ!?』
『俺も、楽になりたい……っ』
『ふざけんな!　なにバカなこと言ってんだよ!?　ハルくんが呼んでる?　なに意味わかんねぇこと言ってんだよ!』
　俺は砂浜の方まで、アキの腕を必死で引っぱろうとした。
『……っ、離せよ!　もう放っとけよ……っ』
　アキはつかまれた腕を、思いっきり振り払った。
『もう嫌なんだよ!　どうせ、もう死ぬんだよ……っ』
　涙がこぼれる顔を下に向け、海の中に消えていく涙とアキの声。
『死なねぇよ!　簡単に死ぬなんて、言うんじゃねぇよ!』
『死ぬんだよ!　あと1年しか生きられねぇんだよ!』
　アキの言葉に一瞬、自分でも表情が強ばったのがわかった。
『それなのに、生きる意味なんてあんのかよ!　手術も意味ねぇんだよ!　いろいろ我慢してきたのに、どうせもう

死ぬんだよ！』
　涙でぐしょぐしょに濡れたアキの顔は辛そうだった。
『もう辛い思いしたくねぇんだよ……っ。なんのために生きてるのかわからない。俺は、ハルくんみたいにがんばれない……』
　もう生きるのが辛い、限界なんだと伝わってきたが、俺はそんなアキの言葉にキレた。
『言いたいことはそれだけか……？』
『……えっ？』
　怒りを含んだ俺の声に、アキは一瞬ビクッとしながら顔をあげた。
『お前、なにワガママ言ってんだよ！　我慢してきた？　勝手になんでもあきらめてきただけだろうが！』
『はっ!?』
　俺をにらむような視線を向けてくる。
『なににも挑戦しねぇで、勝手にいつか死ぬとか言って、現実から逃げてきたのはお前だろうが！』
『お前になにがわかんだよ！　健康だから、なんでもできるからそう言えんだよ！』
『あぁ、わかんねぇよ！　なんでもあきらめるようなバカなヤツの気持ちなんか、知りたくもねぇよ！』
　ハァハァとふたりとも息を切らせ、沈黙になる。
　波の音だけが静かに響いていた。
『……っ、俺は……ハルくんみたいになれない……。ハルくんみたいに、がんばれない……っ』

『ハルくんハルくん、なんだよ！　お前はハルくんとなんか比べられねぇよ！　ハルくんよりずっと下だよ！』
『はっ？』
　ハルくんは彼女のためにも、子供のためにもがんばって生きようとしていた。
　そして、それはアキに対しても同じ。
　ハルくんはアキに、大切な人を見つけることで病気に打ち勝とうとする気持ちや、病気でもあきらめずに生きることの大切さを伝えようと必死だった。
　いつもハルくんに、アキから目を離すな、よく見といてやれと言われた。
　アキにとって、俺が一番近くにいる存在なのだからと。
　ハルくんは自分が病気になっても、アキのことをずっと気にかけていたんだ。
　そんなハルくんの気持ちにも気がつかないアキに、すごく腹が立った。
　それに、いつもそばにいる俺にはなにもできないのかと、もどかしさを感じた。
　俺は俺なりに、アキにできることがなにかあるはずだ。
『ハルくんは、お前みたいに逃げなかった。俺が教えてやるよ！　人生、あきらめるだけじゃないって！　生きたい、死んでたまるかって思わせてやるよ！』
　気がつけば、俺は大粒の涙を流して叫んでいた。
　俺の発言に驚いた表情をしたアキは、しだいに目にいっぱいの涙をためていく。

そして俺の顔を見つめると、瞳から大粒の涙を流し、ただ黙ってうなずいた。
　空にはたくさんの星が流れていたのを覚えている。

　その後、アキにこっちに戻ってこないかと勧めた。
　ハルくんがアキを気にかけてきたように、俺にだってアキのためにできることがあるはずだ。
　俺がアキの残された時間を、楽しいものに……あきらめるだけの人生じゃないと思えるようなものにするための手助けをしたい。
　そう思って、アキにこっちに戻って一緒に過ごさないかと提案した。
　すると、戻って最後の時間を過ごしたい、と返事が返ってきた。
　アキのお父さんは『好きなことをしなさい』と賛成してくれたけど、お母さんは残された時間を離れて過ごすことに、なかなか納得してくれなかった。
　でも無茶をしない、なにかあったらすぐに帰ることを条件に、俺の家に居候することを認めてくれた。
　それで本当にアキが残された時間を楽しく生きられるのか、俺はどれだけアキの支えになれるのかは……わからない。
　不安なことは多いが、できるだけアキと一緒に楽しんで、毎日を過ごしたいと思っている。
　だから、アキがしたいこと、やりたいこと、アキができ

そうなことはなんでも協力して、力になりたかった。

*　*　*

　1時間目が始まると、教室は体育祭の種目決めで騒がしくなった。
　咲希は相原さんと一緒に、障害物競走(きょうそう)と女子リレーに出ることになった。
　俺は男子リレーと800m走に出ることにし、黒板の100m走の欄(らん)にアキの名前を書いた。
　アキに、かわりに走る俺と自分を重ねて見てほしいと思ったからだ。
　俺が走ることで、アキにも走っている感覚を味わってほしいと思った。

「アーキー」
　1時間目が終わり、アキに報告をしに保健室へ行く。
　ベッドで爆睡(ばくすい)しているアキを呼ぶが、起きる気配がない。
「起きろ！　アキ！　太陽！」
　力強く揺さぶると、少し目が開いた。
「ん〜……眠い………」
　ふたたび枕に顔を埋(うず)めるアキ。
　いいかげんにしろよ！とキレたくなる。
　せっかく、人がみんなに怪しまれないように体育祭の種目決めをして、保健室にいることも、病気のことも黙って

やってるっていうのに。
　マイペースすぎるだろ。
　はぁ〜と思わずため息をつき、ベッドの横に丸イスを持ってきて座った。
「……で、俺、なにに出んの？」
　眠気が少し覚めたのか、アキは目を開けていた。
「100m走」
「そうか……よろしく」
　ふぁーとあくびをし、起きようかどうしようか迷うように、もぞもぞと動いている。
「はいはい。ていうか、起きないと次の授業、遅刻するぞ」
　そう言うと、アキはガバッと布団から飛びだした。
「次、英語やん！　俺当たるかも」
　あわてて保健室を出ていく。
　ころころと表情が変わるアキはおもしろい。
「アキー、走んなよー」
　うしろから叫ぶ。
　まぁ、アキは走れないから、早歩きしてるけど。
「じゃっ、俺先に行くから」
「あっ、おい！　待てや！」
　アキを置いて軽く走り、教室に戻った。
　アキはそのあとチャイムが鳴るのと同時に、英語の先生と一緒に教室に入ってきた。

写真

【太陽side】
「なー、いつ写真見せてくれんの?」
「写真? あー……今度、部室おいでよ」
　英語の授業が終わり、咲希に話しかける。
　この前、写真を見せてくれると言った約束は、まだ果たされていない。
「わかった。放課後行くわ」
「放課後って今日の?」
「そうや」
　"今度"って先のばしにされると、また見せてもらえない気がした。
　すると、「う〜ん……」と悩みだした咲希。
「あかんのか?」
「いや、いいよ」
　小さく微笑むと、咲希は話を変えた。
「アキはなにが好きなの? 興味があることとか」
「なんや急に」
「いつも授業出ないから、学校より楽しいことがあるのかと思って」
「べつにないなー」
　俺の興味があることってなんやろ。
　考えたことないかも。

「放課後、俺も行っていい？」
 そこで突然、話に加わってきた空良にビクッとする。
「びっくりするやん！」
 ドクドクと脈打つ心臓を整えるように深呼吸をする。
「え？ あぁ、悪い」
 はは〜っと謝る気のない風に返事する空良に、「空良も来るの？」と咲希もちょっと驚いたような感じで確かめる。
「ダメ？ 無理ならちがう機会でもいいけど」
「いや、来るならふたりまとめて来て」
 別々に来られるのが面倒くさい、というような表情が浮かんでいる。
 なんや咲希、面倒くさがりか？
 昔はそんなことなかった気がするけどな。

 時間はあっという間に流れ、放課後になった。
「はよ行こうや〜」
 咲希がどんな写真を撮っているのか早く見たい俺は、待ちきれずにそわそわしていた。
 もし気に入った写真があれば、俺は咲希に写真撮影を頼みたいと思っていたからだ。
「待ってよ！ 掃除があんの！」
 咲希と空良は教室の掃除当番で、俺は廊下でふたりを待っていた。

 それから15分後に掃除は終わり、咲希について写真部の

部室へと足を運んだ。
「こんにちはー」
「あ、咲希ちゃん！」
　ガラッと部室のドアを開けた咲希は、中にいた部員にあいさつした。
　咲希によると、写真部は先輩や後輩を含めても8人しかいないらしい。
「先輩、急なんですが、今から見学いいですか？」
「いいよー。誰かな？」
　ひょこっと、咲希のうしろにいる俺たちを咲希ごしに見てくるのは、メガネをかけた小柄な先輩。
「高峰くんだ！」
　空良を見てびっくりしている。
　空良って、他学年にも人気あるんやな……。
　それに比べ、俺に向けられる視線は「こいつは誰や」という感じで、俺は苦笑した。
「立石です。今日は見学させてください」
　とりあえずあいさつすると、「どうぞ、どうぞ」とニコニコする先輩。
　めっちゃ人柄よさそうやん。
「こっち来て」
　咲希に手招きされ、奥の部屋へと入っていく。
「ここが暗室。写真を現像したりするの」
「へぇ～……すごい。本格的なんだな」
　部室を感心しながら眺める空良。

「空良も来たん、はじめてなん？」

俺の質問に苦笑しながら、「……じつは、そう」と答えた。
「写真は見たことあるけど、部室は見学したことなかったからな」
「そうなんや。で、その写真ってのは、どんなんなん？」
「やっぱり見る？」

見せるのがはずかしいのか、悩むそぶりを見せる咲希にうなずく。
「笑わないでよ？」
「笑わへんよ。だから見せて」

そう言うと、咲希は棚からまとめられた写真を取り出した。
「はい」とアルバムを手渡され、空良と一緒に見る。

写真は景色や花の写真が多く、空や花を中心に撮られていた。

空良は見たことがあるのか、「やっぱりうまいね」などと咲希に言っている。
「花の写真が多いな」

パラパラとアルバムをめくりながら言うと、咲希は少しテンションがあがった気がした。
「あ、それは家の庭に咲いてる花なの。お母さんが花を育てるのが好きで。ちなみにその花はガザニアっていって、"あなたを誇りに思う"っていう花言葉があるんだよ」

咲希はうれしそうに花について語りはじめた。
「ふーん。詳しいんやな」
「毎回、花が咲くたびに花言葉も教えられるから、いろい

ろ覚えちゃったよ」
「そうなんや。じゃあこれは？　花言葉」
　そう言って俺はヒマワリの花の写真を指さした。
「ヒマワリはたしか……"憧れ"だったかな。それと"あなたを幸福にする"、"私はあなただけを見つめる"って意味もあるんだよ！　意外とロマンチックな花なんだよね」
　やっぱり咲希も女の子やなと思った。
　ロマンチックな言葉に憧れているんやな……と、うれしそうに話す咲希に笑みがこぼれる。
　こんなに女の子らしい、テンションの高い咲希を見たのは、はじめてかもしれない。
　しばらく花の写真や空の写真を見ていると、1枚の写真に目が留まった。
　咲希はそんな俺に気がついたのか、不安そうに声をかけてきた。
「どう、かな……？」
「……うん」
　感想を尋ねてくる咲希に、俺は返事ができなかった。
　1枚の写真が俺の意識を集中させたからだ。
　カメラ目線で泣いている女の子のアップの写真。
　なんて言っていいかわからんけど、惹きつけられる。
「……咲希」
「ん？」
　空良とふたりで話していた咲希に、つぶやくように声をかける。

「写真、撮ってくれへん？」
「写真？」
　なんの？というように首を傾げる咲希。
「俺の写真。どんな写真でもいいから。普段の俺とか、ちゃんとした俺とか」
　突然、真剣にお願いする俺にとまどいを見せる咲希。
　隣で聞いていた空良も真剣な顔になっていた。
「でも私、人撮るの、あんまり得意じゃないんだよね」
　うーん……と悩みながら返事に困っている。
「それでもいいよ。俺は咲希に撮ってもらいたいねん」
「咲希、俺からもお願い。アキの写真、撮ってやって」
　まだ悩む咲希に、空良が言葉を加える。
　俺らの真剣な眼差しに、咲希は悩みつつもしぶしぶ承諾してくれた。
「ありがとうな」
「ヘタでも文句言わないでよ？」
　そう言いながらも、咲希はちょっとうれしそうな顔をした。

　しばらくして部活がある咲希と別れ、俺たちは部室をあとにした。
「さっきはありがとうな」
「写真のこと？」
「あぁ」
「撮影を頼まれて咲希も内心うれしいはずだから、お礼言うことないよ」

そう言って、いつもみたいにさわやかな笑顔になる空良。
「で、写真撮ってもらう理由は……」
「空良の考えてるとおり、やな」
　ははっと笑って空良を見ると、空良は困ったように微笑んだ。
　俺が写真を撮ってもらう理由はただひとつ。
　俺が生きた証を残すため……。
　残りわずかな時間を、どれだけみんなと楽しく過ごしたか、空良や咲希、両親に覚えていてほしかった。

　それから咲希はとまどいながらも、暇を見つけては写真を撮ってくれた。
　休み時間や昼食の時間、放課後に空良や咲希と話しているときや休日出かけたとき……。
　いろいろな俺の姿をカメラに収めていく。
　カメラを意識した写真や、ふとした気の抜けた表情の写真、変顔や笑顔の写真を中心に撮ってもらっていた。
　さびしい、暗い表情をしないように、俺は気をつけていた。
　あとから見返したときに、みんなが笑顔になるような写真を残しておきたかったから。

いらだち

【咲希side】
「咲希ちゃん、最近、立石くんのこと写真に撮ってるけど、どうしたの?」

3時間目が終わった休み時間、騒がしい教室で未来ちゃんが不思議そうに、デジカメをさわる私を見ている。

撮影は簡単に持ち歩けるカメラでいいよってアキに言われたから、一眼レフではなく、コンパクトなデジタルカメラで撮ることになった。
「んー……アキに頼まれて。普段のアキとか、ちょっとした姿を撮ってるだけだよ」
「理由は?」
「さぁ? 聞いてない」

というか、聞けない。

なんだかわからないけど、アキと空良の間には私の知らないなにかがある。

それを知っていいのかがわからなかった。
「立石くんって、じつはナル?」

眉間にシワを寄せながら真剣な表情になる未来ちゃんに、一瞬、笑いそうになった。

そんなに真剣に考えなくても……。
「どう見たってアキはナルシストって感じじゃないでしょ?」
「……そだね。どっちかって言うと、高峰くんの方がナルっ

ぽいよね」
　あははーと笑う未来ちゃん。
　意外と鋭い。
　でも、そんな空良が好きなのかとおもしろく思う。
「どんな写真があるの？」
　興味津々にのぞいてくるから、私はデジカメを渡した。
「ダメ」
　すると、スッと未来ちゃんの手からデジカメが抜き取られる。
　視線をあげると、あきれた表情のアキがいた。
「俺のこと撮ってとは言ったけど、誰にも見せんな」
「ご、ごめん……」
　とっさに謝ると、アキはデジカメを私に握らせ、自分の席へと戻っていった。
「怒られちゃったね……。ごめんね、未来ちゃん」
「ううん。私の方こそごめん……」
　アキ、どうしたんだろう。
　たしかに、勝手に自分の写真を人に見せられたら嫌だよね。
　でも、なんだか気まずい空気になっちゃったじゃん。
「立石くんってさ、咲希ちゃんと高峰くんだけは特別って感じだよねぇ」
「へっ？　特別？」
　予想外の言葉にヘンな声を出してしまう。
「笑顔だし関西弁だし、話しかけやすいけど、じつは高峰くんよりも親しくなりにくそうに見えるんだよね」

「そうかな？　私にはわかんないけど……」
　未来ちゃんがそう思うのなら、そうなのかもしれない……。
「咲希ちゃんはいつも一緒にいるから気づかないんだよ。立石くんって、自分から他の人に話しかけたりしないんだよ」
「そうなの？　私や空良にはよく話しかけてくるけど……」
　今まで気がつかなかった。
　そんな風にアキの行動を見たことがなかった。
「たぶん、ふたり以外の名前も覚えてないんじゃない？」
　そう言う未来ちゃんの言葉と同時にチャイムが鳴った。
　未来ちゃんは「よく見てたらわかるよ」と言って、急いで席へと戻っていった。
　んー……アキにとって、そこまで私たちは周りとちがうのかな？
　少しアキの様子が気になった。
　4時間目の授業は数学で、お昼前とあって空腹感がある。
「佐藤」
「はーい」
「高峰」
「はい」
　出欠を取る数学の先生に、みんな返事をしていく。
「立石……立石は？」
　返事がないアキの席に目をやる先生に、「サボッてんじゃないですか？」と一部の男子がおどけるように言った。
「なんだー、あいつ、またサボりか……」

先生はあきれたように言って、また出欠確認をしはじめた。
　たしかに、アキは授業をサボりすぎている気がする……。
　いつもどこでサボッてるんだろ？

「なんかアキって、意外と不真面目だよね」
　数学の授業が終わってお昼休みになり、空良に話しかける。
「……どこが？」
「どこが？って……全然、授業出ないし、遅刻はするし、早退はするし……」
　なに考えてるのかよくわかんない。
　アキが転校してきて１ヶ月近くたつのに、アキのことを全然知らない。
　わかったのは、意外と不真面目な性格と、空良と私以外のクラスメイトにはあまり積極的に接しようとしないこと。
　なんだか、人と距離を取っている感じがする。
「アキの行動をいちいち気にすることないよ」
「うん……」
　シレッと言う空良に、少し不満を抱(いだ)きつつも返事をする。
　アキ、どこいるんだろ。

【太陽side】
「空良、俺、次休むわ」
　３時間目が終わり、体調がよくないと感じた俺は、空良に次の授業は保健室で休むことを伝えた。
「大丈夫か？」

「まぁ、薬飲んで少し休んだら大丈夫やろ」
　席にいる空良に、周りに聞こえないよう小声で伝えて教室を出ようとすると、ガシッと腕をつかまれた。
「な、なに？」
「無理すんな」
　そう言って周りにはわからないように俺を支えながら、空良は教室を出る。
　そのまま保健室へと連れていかれた。

「先生、水ください」
　ドアを開けてふくちゃんから水を受け取ると、空良は俺をベッドに座らせた。
「薬は？」
　ズボンのポケットを指さすと、空良はポケットを探り、薬の入ったケースを出した。
「これとこれでいい？」
　何種類かの薬を取り出し、確かめると口につっこまれ、水を飲まされた。
「……軽く発作起きてんのに、平気なフリなんかするな」
　怒り口調で言うと、空良は教室へと戻っていった。
　やっぱり、空良はごまかせんか……。
　俺はベッドに寝転び、いつものように発作が治まるのを待つ。
　たまに起こる軽い発作は、薬を飲んで休めば治る。
　今日も少し保健室のベッドで横になることにした。

数分たって落ちついてきた頃、保健室が騒がしくなった。
　カーテンが閉まっているから誰かわからんけど、なんかうるさい。
　男女数人が、授業をサボリに来ているらしかった。
　どうやら、さっきまでいたはずのふくちゃんはいないようだ。
　ふくちゃん、どこ行ってん!?とキレたいが、今はそんな体力すらない。
　訳のわからん話をデッカイ声でしやがって。
　こっちは病人やねんぞ。
　騒ぐならさっさと帰ってくれ。
　あー……うるさい。
　ホンマにキレそうになったとき、ガラッとドアの開く音がした。
「あなたたち、なにやってるの？　授業は？」
　ふくちゃんがようやく帰ってきたらしく、教室に帰るように促している。
「えー？　僕たち頭痛いんですよー」
「そーそー、だから休ませてよ」
　キャハハと笑いながら、なかなか帰ろうとしない。
「ここは本当に具合の悪い生徒しか来ちゃダメなんだから、早く授業に戻りなさい。辛くて寝てる生徒の邪魔をしちゃダメよ」
　ふくちゃんが怒ると、文句を言いながら帰っていった。
　やっと静かになったやん。

はぁ〜……とため息をついていると、カーテンが開けられた。
「騒がしくてごめんね」
「……ふくちゃん、来るの遅いわ〜」
 わざと怒ったように言うと、「以後、気をつけるわ」と笑ってカーテンを閉めた。

「大丈夫？」
「……はい、薬飲んだんで」
 ベッドで寝ている俺の顔色をうかがう、ふくちゃん。
 あれから1時間ほど、ぐっすり眠ってしまっていたらしい。
「なにしてこうなったの？」
「たまにあるんです……。こういう発作……」
 そう言うと、ふくちゃんは「もう少し安静にしてなさい」と言って仕事に戻った。
 はぁ〜、自分の体が嫌になる。
 ため息をつき、布団をかぶりなおす。
 午後からは明後日にある体育祭の予行練習。
 帰ろかな……。

 昼休みになり、教室に戻った俺は帰る支度を始めた。
「アキ、なにしてんの？」
 パッと顔をあげると、咲希が不思議そうな顔をして立っていた。
「帰る」

「なんで？　体育祭の予行練習あるよ？」
「あー……うん、俺は練習せんでもえぇから」
　というか、練習できんし。
　それに、当日は見学なんやけどな、と言うわけにもいかず、曖昧にごまかす。
「練習しないって……どんだけ自信過剰？」
　あきれたように笑う咲希。
「本番見たら驚くぞ」
　ははっと笑う。
　そう、俺じゃなくて空良が走るから。
「アキって、いつも授業出ないでなにしてんの？」
「寝てる」
「寝てるって……」
　どこで？というような表情をした咲希を無視して、教室を出た。
「じゃあな、咲希」
「ちょっ、アキ!?」

　俺は下駄箱には向かわず、運動場へと来た。
「立石！　なにしてんだよ？」
　運動場では、体育祭の準備をしている先生と生徒たちが、せわしなく動きまわっている。
　ボーッと眺めていると、同じクラスの……たしか、山本が話しかけてきた。
「なにって、帰ろうかと思って」

「はっ？　お前、サボりすぎだから。準備手伝えよ」

　日差しがギンギンに照りつけ、額から汗を流し首にタオルを巻いたジャージ姿の山本は、怒りぎみ。

　そんな山本に適当に対応する。

「あー……うん、また今度な」

「今度っていつだよ」

　面倒くせぇ……。

「来週？」

　また適当に答えた。

「来週って体育祭、終わってるから」

　山本は、信じられん……といった感じのあきれ顔をした。

　どうでもええやん。

　いちいち俺に干渉してくんな、とさらに不機嫌になる。

「まぁ、山本はがんばれ」

　そう言って手をひらひら〜とさせて歩きだす。

「あ、おい！　ていうか俺、関口だから」

　背後から山本……もとい、関口の叫ぶ声がしたけど無視した。

　あいつ、山本ちゃうんや……。

　どっから来たんや……山本って。

　自分でウケそうになった。

　下駄箱で靴を履き替え、校門を出る。

　空を見あげれば、雲ひとつない青空が澄みわたっていた。

「はぁ〜……なんや俺、今日機嫌悪いわ……」

　そうつぶやいて、目的もなく歩きだす。

家に帰るわけにもいかへんし、どうしよ。

「それで僕のところに来たんだ？」
　困ったように微笑み、紙コップに入ったコーヒーを一口飲む。
「高良くん、暇そうやし」
「全然、暇じゃないんだけどな」
　高良くんは困ったように、はは〜と笑う。
　行くあてがない俺は、悩んだ末、病院に来ていた。
　病院に着いて、偶然入り口付近で会った高良くんは、ちょうどいいと言って休憩時間を取ってくれた。
「なにかあったの？」
「いや、べつに……」
　屋上のテラスにあるベンチに腰かけ、会話する。
　屋上は涼しい風が吹いていて、暑さがマシに感じられる。
「しんどい？」
「……大丈夫、薬飲んだから」
　そう言うと、高良くんは少し考えてから、顔をのぞきこんできた。
「機嫌悪い？」
「……少し」
　そう答えると、「そう」と言ってコーヒーをまた一口飲んだ。
「俺さ、なんのために戻ってきたんやろ……」
「どうした？」

ポツリとつぶやく俺に反応する。
「クラスのヤツが体育とか他の授業とかサボッてんの見てさ、アホちゃうかって思うねん」
「どうしてそう思うの？」
「普通に学校生活送れるヤツが、時間をムダにして過ごしてるの見たら、腹が立ってくる」

　俺は学校に行きたくても行けへんし、運動したくてもできひんっていうのに。

　健康な体に生まれたことや、好きなことができる自由な生活が当たり前だと思っていることに、腹が立ってくる。
「太陽の気持ちもわかるけど、そう思うなら太陽も学校に行けるときは行った方がいいよ？」

　今日みたいに早退しないでさ、と困ったように笑った。
「……そやな」

　そう言って俺も軽く笑った。

　俺だって、時間のムダづかいをしてる場合じゃない。

　楽しく過ごすために戻ってきたんやから。
「俺、帰るわ」
「あ、うん。明後日の検診、忘れないようにね」

　席を立つ俺につられ、高良くんもガタッと席を立った。

　そんな高良くんに「わかってまーす」と言って、病院をあとにした。

　高良くんのおかげで、ちょっとスッキリした気がした。

「アキ！　太陽！」

家に帰り、本を読みながらくつろいでいると、俺の名前を叫ぶ空良の声が響いてきた。
「聞こえてるっちゅうねん！」
　叫ぶように部屋に入ってくる空良に、耳をふさぎながら返事をする。
「お前、体育祭の準備ぐらいして帰れ！」
「……なんで？」
「参加できなくても、準備はしてもいいだろ」
　ため息をつきながら座布団に腰をおろす。
「……山本になにか言われたんか？」
「……誰だよ、山本って」
「ちゃうわ。山口……ん？　関本……関山？」
「誰のことだよ……」
　意味わかんねぇ、というような表情を浮かべる空良。
　なんやったっけ……？
　忘れた。
「とりあえず、体調がいいならできることはしろ！　学校行事にも参加しろ！　やりたいことはすべてやれ！　中途半端にするな！　いいな!?」
　にらむように俺を見て、空良は言いたいことを全部言ったのか、部屋を出ていった。
　空良はたまに怒ると怖い。
　普段静かなヤツほど、キレると怖いってやつだ。
　空良は、俺より俺のことを考えてくれていると思う。
　でも……。

「……やりたいことか」
　なんやろ、俺のやりたいことって。
　それを見つけに戻ってきたのに、やりたいことが見つからない。
　戻ってきた意味がわからない。
　俺は畳に寝転び、天井を仰いだ。

Chapter 3

体育祭

【咲希side】

体育祭の前日。

今日は1日、体育祭の予行練習が行われる。

全クラスが運動場に集まり、各々(おのおの)の競技の練習をするためにあちこちに分かれている。

明日の本番に向けて、みんな一生懸命だ。

「……めずらしい」

「なんやねん?」

そんな人であふれている運動場にある倉庫に、存在を消すかのようにもたれているアキを発見した。

「体育祭の練習、出るの? ていうか、出たことあるの?」

「ない!」

ハッキリと言うアキに、ため息が出そうになる。

「出なくて大丈夫なの? 明日だよ、本番」

「咲希ちゃん! 早く来て!」

答えないアキのかわりに、未来ちゃんが向こうから手招(てまね)きしながら私を呼ぶ。

「あ、うん!」

「俺のことはいーから、はよ行き」

シッシッと追い払うような動作をされる。

「ちゃんと練習出なよ!」

「はいはい」

もう、適当な返事しかしないんだから。
　心の中でぶつぶつ文句を言う。
　アキは学校、楽しくないのかな？
　相変わらず、よく授業をサボッているし。
　なにかあるのかな？
　ふと、心配になる。
「咲希ちゃん、立石くんとケンカ？」
「ちがうよ！　あいつ、サボりすぎだから、練習出なよって言ってたの」
　リレーの順番待ちをしている間、未来ちゃんとコソコソ話す。
「立石くんの写真も撮らないといけないし、説教もしないといけないし、咲希ちゃん、忙しいね」
　楽しそうに話す未来ちゃん。
「……そだね」
　忙しいのかは、よくわかんないけど。
「でさ、咲希ちゃんはどっちがいいか決まった？」
　……え？
　いきなりなんの話？と、ため息が出そうになる。
「未来ちゃんが期待してるようなことは起こらないよ！」
　そう言って、私は自分のコースへと並んだ。
　未来ちゃんは「わかんないよ〜」と言いながら、顔をニヤつかせていた。
　アキか空良、どっちかを好きになるなんて、ありえないよ。

【太陽side】
「アキ、なにしてんだ？」
「……見学」
　次から次へと人がやってくる。
　さっきは咲希が練習に出ない俺を不思議に思い、声をかけてきたかと思うと、説教をして去っていった。
　咲希の次は空良か……と少し面倒くさくなる。
　こんな暑い中、汗を流していてもさわやかだ。
　それにしても、倉庫前で見学って目立つんか？
　人目につかないように存在感を消しているつもりやったのに……。
「保健室にも行かないで、めずらしい……」
「はっ……それ、咲希にも言われたわ」
　鼻で笑う俺に、空良は「そうか」と苦笑した。
「昨日の話やけど、したいことはなんでもしろって言ったやん。空良はなにかしたいこととかあんの？」
　そう質問すると、空良は考えこむそぶりを見せた。
　外はまだまだ蒸し暑い。
　じっとしていても汗が流れ、肌がベタベタする。
　しばらくして、空良は俺をチラッと見た。
「……お前と全力疾走（ぜんりょくしっそう）？」
「殺す気か！」
　バシッと空良にツッコミを入れる。
　空良は「冗談だろ」と、うれしそうに笑った。
「アキはあるの？　したいこと」

俺のしたいこと……。
「……なんやろな、わからんわ」
 ははっと笑い、ごまかす。
「したいこと、見つかったら言えよ？」
「おー……」
 優しい表情を浮かべ、去っていく空良を見つめながら返事をする。
 ……俺は、なんのために生きてるんやろか？
 まぁ、それを見つけるために戻ってきたんやけどな。
 暗くなる気持ちを抑えようと、白い雲が浮かぶまっ青な空を見あげた。

 翌日。今日は体育祭当日だ。
 9月も終わりやというのに、暑さが続いている。
 蝉がやかましく鳴き続け、みんなは汗を流しながら、楽しそうに運動場を駆けまわっている。
「みんな、暑い中ご苦労さま〜」
 そうつぶやき、テントの下でパイプイスに座りながら、運動場を眺める。
 炎天下、みんなの熱気がさらに暑さを倍増させている。
 俺らのクラスは4クラス中、2位を維持している。
 空良や咲希もクラスの勝利に貢献していると言っても過言ではないほど、活躍していた。
 俺はひとり、体調不良ってことにして見学中。
 なぜか、校長のいるテントで。

「立石くんは、ずっと見学かね？」
「そーです」
　扇子でパタパタとあおぎながら、さっきから話しかけてくる校長先生。
　頭がはげていて、体格のいい、優しい表情をしたおじさんだ。
「そうか、残念だね」
「いいんですよ。見学も楽しいですし」
　そう言ってニヒヒッと笑う。
「空良が……友達が俺のかわりに100m走に出てくれるんで、自分が走ってると思って全力で応援します」
　そう言うと、校長は「そうか」と優しい表情を浮かべた。
　いつも写真を撮ってくれている咲希のかわりに、今日は俺が写真を撮っている。
　咲希や空良の勇姿を収めなあかん。
「アキちゃ～ん」
　声がした方にフイッと顔を向けると、日傘をさした空良の母親が、手を振りながら笑顔で近よってきた。
「あ、空良の応援に来たんですか？」
「そうよ。アキちゃんは見学？」
「そうです。俺らのクラス、勝ってますよ」
「そうみたいね。アキちゃんの応援のおかげかしらね」
　ふふっと笑って隣に腰をおろし、一緒に応援しはじめる。
　おばさんはほわほわした雰囲気で、空良と顔が似ている。
「母さん、なにしてんの？」

あきれた声が聞こえ振り向くと、空良と咲希が立っていた。
「応援しにきたに決まってるじゃない。もう終わったの？」
「お昼休憩だよ」
　中途半端な時間に来て……と空良はあきれている。
　さすがに今日は空良も額から汗を流していて、暑さの中がんばっているのが伝わってくる。
「おばさん、こんにちは」
「こんにちは〜。咲希ちゃん、がんばってるみたいね」
「いえ、そんなこと……」
　胸もとで両手を振って遠慮ぎみに答える咲希。
「咲希、俺、アキと母さんに話あるから、相原さんとお昼食べてきなよ」
「えっ、うん……。アキも体調悪いなら応援してないで、保健室行きなよ？」
「おー。午後からもがんばれ〜」
　走って校舎内に入っていく咲希に手を振って見送る。
「じゃあ、俺たちも行きますか」
「ふふっ、そうね」
　おばさんはニコニコと微笑み、俺たちも校舎内に入った。

「あ〜……やっぱり保健室は涼しい」
「本当、外は地獄のような暑さだもんな……」
　疲れた〜とベッドに腰かける空良。
　保健室は冷房が効いていて、熱くなった体を冷やしてくれる。

「お疲れさま〜。これ、がんばってるごほうび!」
　内緒よ?と、ふくちゃんは空良にジュース、俺には水をくれた。
　水って……。
「そちらは高峰くんのお母様……かしら?　お茶いれますね」
「いえいえ、おかまいなく」
　ふたりで上品にふふふっと笑い合っている。

　それからしばらくして、ふくちゃんは職員室へと姿を消し、保健室には俺ら3人だけになった。
　空良は弁当を食べながら、俺をジーッと見ていた。
「……どうですか?」
「……うん、問題ないわ」
　おばさんは俺の胸から聴診器を外し、優しく笑って俺を見た。
　おばさんも医者をしていて、今日は特別に俺のために学校まで検診しにきてくれたらしい。
「そうですか……。学校までわざわざすみません」
「いいのよ。みんなのがんばってる姿も見ることができたから」
　ふふっと笑って聴診器をカバンにしまいこむ。
「よかったな」
「あぁ」
　空良の安心する顔に、俺は申し訳なく思いながら返事を

した。
　朝から体調が悪かったのは事実で、本当は学校を休んだ方がよかった。
　だけど、体育祭に見学でもいいから参加したくて、心配する空良にいったんは止められたけど、無理を言って学校に来た。
　おばさんが様子を見にきてくれて、助かった。
　おかげで、安心できた。
「午後からも応援がんばるわ」
　そう言うと、空良は「写真もよろしく」とお互いニコッと笑って運動場へと戻った。

　おばさんはそれから少し、午後の種目を見てから帰った。
　次は、俺が出場することになっていた男子100m走。
　空良が俺のかわりにスタートラインに立ち、ピストルの音と同時にスタートした。
　俺は立ちあがり、自分が全速力で空気を切って走っているような感覚に陥った。
　気がつけば、思いっきり大きな声で声援を送っていた。
　空良は余裕で1位。
　さすがやな。
　俺はなぜか、自分が走って勝ったかのような気分でうれしかった。
　ゴール地点からテントにいる俺に、さわやかな微笑みを向ける空良。

俺の分までがんばってくれている空良に、俺も全力で笑顔を送った。

　それから２時間後、体育祭は終了し片づけへと移った。
「お疲れ〜」
「おー。お前の分、がんばって走ったら疲れた……」
　肩を回しながら疲れたアピールをしてくる空良に、「おおげさやな」と笑う。
　空良にペットボトルの水を渡しながら、教室へと戻る。
「ていうか、他のクラスの女子も、お前のこと応援してたな」
　応援風景を思い出し、苦笑する。
　自分たちのクラスの男子よりも空良への声援の方が大きかった。
「仕方ない。俺は活躍してたから」
　水を口に含み、平気ではずかしいセリフを吐きやがる。
「俺、お前の性格に引くわ……」
「冗談だろ！」
　ハハッと楽しそうに笑う空良は話を続ける。
「アキもこのあとの打ちあげ、出るだろ？　体調もよさそうだし」
「あー……俺、打ちあげ出られへんわ」
「なんでだよ？　俺らのクラスが優勝したのに」
　最後の男女混合リレーで逆転勝利を収めたため、急遽、クラスで打ちあげが行われることになったらしい。
「先約」

「……あ～、行かないと殺されるな」
「……やろ？」
　空良もなんの用事があるのかわかったみたいで、苦笑した。
「まぁ、今日は体調不良ってことになってるから、帰りやすいけどな」
「まぁな……。でも、咲希が怪しんでるかも」
「咲希が？」
「アキがサボってるとき、たまに気にしてるから」
「……がんばってごまかしてくれ！」
　ポンと空良の肩に手を置くと、空良に思いっきりにらまれた。
「冗談やん！　冗談！　それより、これ」
　あわててジャージのポケットからカメラを出し、空良に渡した。
「あぁ、カメラ。結構、撮った？」
「お～。1日、見学してたからな。一応、校長と俺のツーショット写真も撮っといたぞ」
　ニコッと笑うと、「……あぁ、そう」と冷たい返事が返ってきた。
　……これが俺の最後の体育祭かもしれへん。
　少しは俺も、ふたりの役に立てたやろうか。
　空良に笑顔を向けながらも、俺の心は少し暗い気持ちになっていた。

【空良side】
「咲希、カメラ」
　友達と楽しそうにしている咲希の近くに移動する。
　打ちあげは教室で、お菓子やジュースを持ちこんで行われることになった。
　体育祭終わりだというのに、疲れなど知らないように、みんなのテンションは高い。
　運動場はオレンジ色に染まりはじめていた。
「あ、ありがと……ってアキは？」
「帰った。調子悪いから、帰らせた」
　そういうことにしといてあげよう。
「そうなんだ……。大丈夫かな？」
　心配そうな表情をする咲希に、俺はカメラを見るように勧めた。
　カメラを見はじめると、心配そうな表情だったのが、だんだんと明るくなっていく。
「なにこれ〜？」
　ハハッと楽しそうにディスプレイを見つめる咲希。
　そこには、アキと校長の変顔ツーショット写真が表示されていた。
「アキ、校長と仲よくなってるよ」
　校長ってこんなキャラだったんだね、とおかしそうに笑う咲希。
「アキらしいじゃん」
　体育祭に参加できなくても、アキが笑顔でよかったと安

心する。
　参加できない体育祭をどんな気持ちで見学していたんだろうかと考えていると、相原さんがジュースの入った紙コップを片手にやってきた。
「なに見てるのー？」
「未来ちゃんも見る？　少しだけど写ってるよ」
　相原さんも加わり、障害物競走がどうだったとか、リレーがどうだったとか、楽しそうに今日の体育祭を振り返っている。
　ひととおり見おわると、俺は咲希からデジカメを借りた。
「ちょっと貸して」
「……なに？」
「相原さん、俺と咲希、撮ってくれる？　打ちあげの様子も撮って、アキに見せたいから」
　そう言いながらデジカメを渡すと、「うん、いいよ」と笑い、カシャッと撮ってくれた。
「ありがとう」
　ニコッと微笑み、お礼を言った。
　打ちあげに参加できなかったアキに、少しでもクラスの一員として、体育祭に携わった思い出を残しておきたかった。
　アキが今日１日撮ってくれた思い出も、参加できなかった打ちあげも、アキにとっても俺にとっても、大事な思い出だと思った。
　アキのおかげで、俺や咲希が笑顔でいられるんだと知ってほしかった。

【太陽side】

　カチッカチッと時計の音だけが小さく響く診察室。
　今日は検診の日で、体育祭が終わると打ちあげにも参加せずに、まっすぐに"先約"である病院へと足を運んだ。
「どう？」
「……大丈夫。朝、体調が優れなかったから心配したけど、なにも起こらなくてよかったよ」
　聴診器を耳から外しながら、優しく微笑む高良くん。
「空良のおばさんも様子見にきてくれたしな」
　シャツのボタンをとめながら話す。
「そうだね。体育祭は盛りあがった？」
「おー!!　それがさ、俺らのクラス優勝してん!!　今も打ちあげしてるんちゃうかな？」
　病院に来てしばらくたっているから、すでにお開きになっているかもしれないけど。
「優勝か〜。太陽も楽しめたみたいでよかったね」
　そう言って微笑む高良くんに、「そやな」と一言だけ返した。
　俺にとっては最後かもしれない体育祭。
　競技にも、打ちあげにも参加できなかったけど、優勝してよかった……。
　少しはみんなに、俺との思い出を残せたと思う。

　検診が終わり、家へと戻ってしばらくすると、打ちあげから帰ってきた空良が部屋へと入ってきた。

「入るよ？」
　ノックもせず、スッと襖を開ける空良。
「今、帰ってきたん？」
「あぁ。それより、どうだった？　異常なかった？」
　ベッドにもたれて漫画を読む俺の前に立ち、話を急かされる。
「どうもなかった……っていうか、まだ大丈夫やって」
　ふざけるように笑うと、空良は困った顔をしながら「そうじゃないと困る」と言った。
　朝から体調が悪かったことを、空良は俺以上に心配していた。
　昼休みもおばさんに診察してもらったし、今も高良くんに診てもらったっていうのに、空良は不安が消えないみたいだった。
「……空良は？　打ちあげ、どうやったん？」
「盛りあがってたよ。咲希も、お前と校長の写真見て笑ってたし」
「そうか。それはよかった」
　ハハッと笑うけど、なぜか空気は重い。
「…………」
　しばらく沈黙が続き、空良は俺の前に腰をおろした。
「……なぁ、そろそろ咲希に本当のこと、言った方がいいんじゃない？」
「…………」
　咲希が気にしているのはわかっている。

けど……。
「……あかん、言わへん。相手、困らすこと言っても意味ないやん」
　な？と力なく笑い空良を見ると、空良も力なく微笑んだ。
　咲希は、俺の病気のことを覚えていないみたいだ。
　他の人たちに俺の病気のことを知られて距離を置かれるのは、全然かまわへん。
　でも、咲希に知られて距離を置かれたり、悲しい顔をさせるのは嫌だった。
「時期が来たらちゃんと話すから、それまで黙っててほしい」
「……あぁ」
　悲しい表情を浮かべ、空良は部屋をあとにした。
　俺、本当のこと咲希に話せるんやろうか……。
　俺の余命を知った咲希は、悲しむやろうか。
　それとも、黙っていたことを怒るやろうか。
　俺がいなくなったら、泣いてくれるやろうか……。
　考えても答えは出なかった。

アルバム

【太陽side】

　体育祭から数日がたった。

　俺の体調も良好で、いつもと変わらない日々を送っていた。

「アキ、写真っていつ渡せばいいの？」

　俺の席の前に座り、パックのオレンジジュースを飲みながら聞いてくる咲希。

「なんの写真？」

「なんのって……アキに頼まれて撮り続けてる写真だよ」

　人に頼んでおいて忘れてたの？と、不機嫌な表情を浮かべる。

　そうやった……。

　写真、頼んだんやったな。

「あ〜……しばらくは咲希が保管しといて」

「私が？　写真、いらないの？」

「そういうわけじゃないけど……とりあえず咲希に持っててほしい」

「……わかった」

　納得していない風に返事をした咲希は、そのまま自分の席に戻っていった。

　そやんな〜……。

　写真どうしよ……。

　撮ってもらうことだけで満足して、そのあとどうするか

考えてなかった。

「咲希にアルバム作ってもらったら？」
「アルバム……？」
「写真を可愛くレイアウトしてもらったり、写真にコメント入れてもらったりさ。そのときの出来事がどうだったか思い出しやすいじゃん」
　家に帰り、空良に写真をどうしたらいいか相談すると、こんな提案をされた。
「あいつ、意外とそういうの得意だし」
「へぇ～……。そやったら頼もうかな。あとから見返したときに、いろいろ思い出しやすそうやし」
　空良の提案で、アルバムにしてもらうよう頼むことにした。
　早速、明日頼んでみよ。
　もしかしたら、時間がないとか、そこまでするのは面倒くさいとか思われるかもしれないけど……。

「咲希、写真のことなんやけど……」
「ん？　どうしたの？」
　次の日、登校してきた咲希に早速、声をかける。
「アルバム作ってほしいねんけど、あかんかな？」
「アルバム……？　いいけど……。私好みになっちゃうよ？」
　よっしゃ!!
　心の中で小さくガッツポーズをとる。
　断られるかと思って頼んだから、ちょっとうれしくなった。

「それは全然かまわへん！　ていうか、咲希が好きなように作ってくれる方がいい！」
「……じゃあ、そうするよ」
　興奮する俺に、苦笑しながらも受け入れてくれた咲希に笑顔を向ける。
　写真やアルバム……咲希には俺のワガママを聞いてもらってばっかりいる。
　久しぶりに会ったのに、優しいところは昔と変わっていなかった。

【咲希side】
　アキにアルバム作りを頼まれた日の夜。
　引き受けたものの、どんな風に作ろうか悩んでしまう。
　デジカメで撮った写真を見ながら、アキのイメージを考える。
　アキといえば"太陽"……だよね。
　それをヒントにいいアイディアが浮かび、とりあえず下書きに取りかかる。
　笑顔の写真が多いし、太陽みたいに明るいイメージで、見たときに楽しい気持ちになる感じにしようかな！
　アキに写真を撮るのをやめていいって言われたら、本格的に作って渡そう！
「咲希、空良くんが来たわよ」
「あ、は〜い」
　下の階にある玄関から、お母さんの声が部屋まで届く。

空良が来るって久しぶり……と思っていると、部屋のドアがノックされた。
「入っていいよ」
「お邪魔しまーす」
　ニコッと笑って空良は入ってきた。
　おみやげ、とケーキの箱を渡される。
　そして空良は、慣れたように白くて丸いクッションに腰をおろした。
「ありがとう。紅茶でいい？」
「なんでもいいよ」
　とりあえずケーキと紅茶をテーブルにそろえ、空良の用件を尋ねた。
「どうしたの？　なにか話？」
「いや、ただアルバム作るってアキから聞いたから、写真持ってきただけ」
「……写真って、なんの？」
　ショートケーキを口に運びながら空良を見つめると、上着のポケットから封筒を取り出し、中から写真を出した。
「写真って、子供の頃のじゃん」
「そうだよ。これもアルバムに載せてよ」
　アキが引っこす前に撮った、幼い私たち３人の写真。
「どうしてこの写真も載せるの？」
　べつに載せるのはいいけど、理由が知りたい。
「んー……思い出だから、かな？」
　困ったように眉をさげて笑う空良。

思い出……？

今の３人で撮った思い出の写真じゃなくて、小さい頃の思い出ってどういう意味だろう？

空良は、アキのことに関しては協力的になる。

普段は人に対して、そんなに興味や関心を持たないのに。

なんでだろ……？

「ダメかな？」

「ううん！　じゃあ写真もらうね」

「あぁ」

ニコッと安心したように微笑まれる。

私には、空良とアキの間に入る隙間(すきま)はないのかな……？

少しだけさびしくなる。

「ねぇ、空良」

「うん？」

ケーキを口に運び、視線だけを私に向けてくる。

「……なにか隠してる？」

「隠してないよ。どうしてそう思うの？」

「なんとなく……」

サラッと話す空良の表情からは、なにも読みとれない。

アキも空良も、どこか様子がおかしい。

やっぱり、なにか隠してる気がする……。

「咲希の考えすぎじゃない？」

「……うん」

次の日。

休み時間にアキの席で話している、アキと空良のふたりを見つめる。

結局、昨日はアキのことを深く聞けずに終わった。

空良もなにも言わないし、本当にただの考えすぎなのかな？

も～！　知らない！

トイレ行こう、トイレ。

でも、トイレから教室に戻る最中も頭の中はふたりのこと。

『写真、撮ってくれへん？』

『思い出だから、かな？』

アキと空良の言葉がどうも引っかかる。

「咲希！」

どうして私には教えてくれないんだろう……。

「ちょっ！　咲希、危ない！」

「……えっ？」

そんなアキの声に気づいたときにはすでに遅く……。

階段を踏み外してしまった。

落ちる！

そう覚悟した瞬間、お腹のあたりにガシッと腕が回された。

「危な～っ……」

「……ご、ごめん」

「なに、ぼ～っとしてんねん」

「考えごとしてて……」

「気いつけろよ」

耳もとで話していたアキはため息をつき、私のお腹に回

した腕を離した。
「ごめんね」
　アキの顔をチラッと見ると、「あぁ」と素っ気なく言って教室に戻っていった。
　あやうく階段から落ちるとこだった……。
　でも、そんなことより、なんだろ……。
　私、ドキドキしてる。
　階段から落ちそうになったからではない。
　アキの腕が意外にも男らしくて、耳もとで話すたびにかかる息にドキドキした。
　私、絶対、顔赤くなってるよ！
　両手で頬をおおうように隠し、ドキドキを抑えながら教室に戻った。

「空良ぁ」
「……んー？」
　その日最後のホームルームが始まるまでの時間、参考書に目を通している空良に声をかける。
「アキってさ……」
「うん」
　なに？と顔をあげる空良と視線が合う。
「……や、やっぱり、な、なんでもない!!　ごめんね!!」
　なんだか急にはずかしくなって言えなくなった。
「意外と男の子っぽかったんだね」なんて……。
　前に向きなおり、頬を手で包み肘をつく。

ていうか、いくら華奢な体つきでも、アキも男の子だもんね……。
　小さい頃のイメージとはちがう。
　今まで意識しなかった方がおかしいよね……。
　トントンと肩をたたかれ、うしろに振り向くと、肘をついた空良と視線が合った。
「アキがどうかしたの？」
「えっ？　う、ううん……。なんでもないよ」
「そう？　アキもなんかヘンだし、ケンカした？」
「ケンカ!?　してないよ！」
「それならいいけど……。なにかあったら言えよ？」
　優しく微笑み、私の頭をなでる。
「……うん。ありがと」
　うぅ～……。
　未来ちゃんがヘンなことばっかり言ってくるからだ。
　急に意識しだしちゃったよ。

　それから時間は何事もなく過ぎ去り、数日たつと、アキへの意識もあやふやになってきていた。
「咲希、昨日の英語のノート写させて」
「……えっ？　英語？」
　数学の教科書を片づけていると、アキが近よってきた。
　お昼休みになり、それぞれお弁当の用意をしたり、食堂に行ったりと教室は騒がしい。
「あかん？」

「いいよ！　はい！」
　突然、声をかけられたからか、ドキッとしてしまった。
　なんだろ、ヘンな緊張感が……。
「ふっ、なんやねん、これ」
　パラパラ～とノートをめくっていたアキがおかしそうに笑いだした。
「な、なに？」
　ヘンなこと書いてたっけ？とノートをのぞくと、「これ」と言ってアキが指をさし笑った。
　そこには英語の先生の似顔絵が描いてあった。
　落書きしたの、忘れてた……!!
「あ、いや、気にしないで！」
　ヘンな落書きを見られたのがはずかしくて、あわてて両手でノートの落書きを隠した。
「なんで隠すねん！　めっちゃ似てるやん！」
　ケラケラ～と楽しそうに笑うアキの顔が近くて、心臓がドキンッと跳ねあがった。
「ん？　どうした？」
　そう言って顔をのぞいてくるアキと視線が絡み、カァーと顔に熱が帯びる。
「な、なんでもないっ……！」
「顔、赤いで？」
　キョトンとした表情で見つめてくるアキから、思わず視線をそらしてしまった。
「そ、そんなことないよ！　はい、ノート！」

視線を合わせることなく、ノートを押すように渡すと、急いでアキから離れた。
　ダメだ！
　ドキドキしちゃう！
　あわてて教室を飛びだすと、早歩きだった足を止め、ふと廊下にある鏡に目をやる。
　……私、顔まっ赤だよ。
　どうしてぇ……？

「咲希ちゃん、また見てるの？」
　自分の中でアキに対する気持ちの変化を感じてから、数日がたった。
「……うん」
　少しあきれたように未来ちゃんは言い、一緒にデジカメを見はじめた。
「でも、立石くんの方だったか～」
「……なによ？　アキはダメだった？」
　ムッと頬をふくらませると、未来ちゃんは私の頬を突っつき笑った。
「そんなこと言ってないよ。咲希ちゃんと立石くんってのもお似合いだと思うよ？」
「お似合いって……。ただ、私だけがドキドキしてるだけだよ」
「それはそうだけどさ～。立石くんとなにかあったら教えてね？」

うれしそうに話す未来ちゃんは、そのまま自分の席へと戻っていった。
「なにかってなによ……」
　私は最近、アキのことが好きなんだと自覚した。
　急に男の子として意識してしまってから、アキへのドキドキが止まらないし、一緒にいられることがうれしいと感じるようになった。
　今まで意識せずに近くに座って話していたことや、アキや空良と普通に写真を撮っていたことが不思議な感じだ。
　私の気持ちを知っているのは未来ちゃんだけ。
　私のアキに対する態度に変化があったらしく、未来ちゃんにはすぐに見破られた。
　そんなことを考えながら、なんとなくアキの方へと視線を向ける。
　アキは空良と話していて、私はカメラを向けてその姿を収めた。
　カメラごしに見るアキに、なぜだか心臓がドキドキ鳴る。
　こっち、向かないかな……。
　そんなことを思いながらぼんやり見つめていると、バチッとアキと視線が合った。
　その瞬間、ドキッと心臓が飛びはねたけど、すぐ視線をそらされてしまった。
「……アキのバカ」

【太陽side】

なんや？

心臓がバクバクいってる。

手を握ったり開いたりしながら、手を見つめる。

あかん！

なんやねん、これ！

トイレから出ると、咲希もちょうどトイレから出てきたところなのか、前を歩いていた。

ふらふら〜と教室ではない方向に曲がる咲希。

あいつ、どこ行くつもりなんや？

曲がった咲希を探しに早歩きで駆けよると、階段に気づかないまま、足を前に出そうとしていた。

「咲希！」

呼びかけても気づかない。

なに、ぽーっとしてんねん……と思う暇もなく、咲希は階段から落ちそうになった。

「ちょっ！ 咲希、危ない！」

「……えっ？」

バッと手を出し、咲希のお腹に腕を回した。

「危な〜っ……」

ハァ〜とため息をつく。

それと同時にドキッとする。

「……ご、ごめん」

「なに、ぽ〜っとしてんねん」

謝る咲希に平静を装い、注意する。

「考えごとしてて……」
「気ぃつけろよ」
　咲希のお腹に回していた腕を離し、咲希と距離を取った。
「ごめんね」
　俺の顔をチラッと見る咲希の視線がなんだかはずかしくて、素っ気なく「あぁ」としか言えなかった。
　咲希のやわらかい肌の感触に、ドキドキが止まらへん。
　階段で咲希と別れ、先に教室へと戻る。

「……アキ」
「えっ？」
　席に座った瞬間、咲希が俺の席にやってきた。
　あかん！
　俺、まだドキドキしてんねん！
　なぜだか頭がパニックになりはじめる。
「さっきはごめんね……」
「いや、あ、えと、べつに怪我ない、ないんならいいんや」
　なに、俺、噛んどんねん！
　噛みまくりやん！
「うん……。あ、それでね、写真のことなんだけど」
「写真!?」
「だ、大丈夫……？」
　不自然に大きな声で言ってしまったせいか、咲希はちょっとびっくりした顔をした。
「ごめん……。なんもない。写真がどうした？」

心の中で深呼吸をして、気持ちを落ちつかせる。
「うん、アキが写真撮るの終わっていいって言うまで撮ってから、アルバムにして渡そうと思うんだけど……いいかな？」
「あぁ、それでいいよ」
「よかった。じゃあ、アルバムのできあがり楽しみにしててね」
　安心したようにニコッと笑うと、咲希は自分の席に戻っていった。
「……今の笑顔、なんやねん」
　ぶつぶつと独り言をつぶやく。
　胸が痛い……。
「……アキ、お前ヘン」
「へっ!?」
　いつの間に俺の隣に腰をおろしていたのか、空良が怪訝な顔つきで俺を見ていた。
　ていうか、今の俺の独り言、聞こえてたんちゃうん!?
「空良……聞いた？」
「なにを？」
「いや、聞こえてないんならいいんや！」
　アハハ～……と笑って、心の中で胸をなでおろした。

　それから数日後、英語のノートを写させてもらおうと、咲希にノートを借りた。
　しかし、顔を赤くしながらノートを押すように渡すと、

咲希は教室から出ていってしまった。
「ったく、なんやねん、あいつ……」
　ノートを貸してくれたかと思うと、急いで教室を出ていった咲希に不満な気持ちになる。
　というか、なんや話しかけんの緊張したわ……。
　最近、俺、おかしいぞ？
　あいつのこと、ヘンに意識してしまってる。

「空良って、咲希のことどう思う？」
　学校が終わり夕飯までの時間、空良の部屋でのんびり過ごしながら話しかける。
「……なに？　いきなり」
　怪訝そうに聞き返してくる空良。
　机に向かって勉強していた空良は、ベッドに腰かける俺の方へと体の向きを変えた。
「いや、あの、うーん……あいつを意識したことある？」
「……意識って？」
「やっぱりえぇわ‼　今の聞かんかったことにして‼」
　尋ねづらくなり、バッとベッドから立ちあがると、俺は自分の部屋へと戻った。
「あ〜……なんやねん、この気持ち」
　すっきりせぇへん……と心の中でつぶやくと、ベッドにダイブした。

　そして10月中旬になり、季節は秋へと移り変わろうとし

ていた。
　教室はいつものように騒がしく、俺はなにをするでもなく、ただぼーっと一点を見つめていた。
「アーキー」
「…………」
「アキ！　太陽！」
「…………」
「アキちゃん、無視すんな」
「えっ？」
　空良の声に気づき、パッと顔をあげると、今にもキレだしそうな空良が立っていた。
「……ごめん、なに？」
「見つめすぎじゃね？」
　苦笑しながら俺の前の席に腰をおろすと、キョトンとする俺を尻目に、ある方向へ指をさした。
「咲希」
　あきれたように言う空良の言葉に、ドッキンと心臓が跳ねた。
「はっ？　な、なに言うてんねん!!　あ、アホちゃうか！」
「……顔、まっ赤だぞ」
　あわてる俺に、おかしそうに笑う空良。
　カァーッと顔に熱が集中するのがわかった。
　空良の言葉は真実をついていて、俺は気づけば咲希を目で追いかけていることが多くなっていた。
「なに？　咲希のこと好きになったの？」

「なっ!!」
　顔色ひとつ変えず、ストレートに聞いてくる空良。
「なんでそうなんねん！　俺が咲希を？　ありえへん！」
「……どうして、そう言いきれんだよ？」
「だ、だって……」
　カァーと顔をまっ赤にする俺に、はぁーとため息まじりに息を吐く。
「いつ、どんなきっかけで人を好きになるかわかんないんだから、否定する必要ないよ」
「…………」
　そう言って困ったように笑う空良に、なにも言い返せんかった。
　俺は咲希を好きなんか？
　自分の気持ちがわからへん。
　そう思いながらチラッと咲希を見ると、目が合ってしまった。
　ドキンと心臓が鳴り、あわてて視線をそらしてしまう。
　あかん……なんやねん、俺！
　やっぱり最近、おかしい……。

デート

【太陽side】
「悪い、保健室行ってくる」
「大丈夫か……?」

心配な表情を浮かべる空良に「あぁ」と返事をし、移動教室の授業が終わると、そのまま保健室へと向かった。

咲希を意識するようになって、1週間がたった。

今日は朝から少し調子が悪い気がしていた。
「アキ、どこ行くの?」

教室と反対方向へ向かう俺を見つけた咲希が、不思議そうに声をかけてきた。

「……咲希」

ヘンなタイミングで声かけられたな……。

「教室の方向と逆だよ?」
「うん……。次の授業、行かんとこうと思って」

いつものように適当に笑ってごまかす。

「またサボリ〜? ちゃんと授業出ないとダメだよ」
「あぁ……そやな……」

不満そうに怒る咲希に苦笑しながら答える。

「そうやってまた適当に返事する〜」

ぶすっとする咲希を見ていると、だんだんと胸がキューッと締めつけられる感覚になってきた。

ヤバい……。

ごまかすように笑う余裕がないくらい、急に発作が襲ってきた。
「咲希……悪ぃ……」
「ちょっと！」
　話の途中だよ！と怒る咲希を無視して、急いで階段をおりると、近くにあった水道へと向かった。
　ズボンのポケットから薬の入ったケースを出し、いくつかの薬を手のひらに出し、水と一緒に流しこんだ。
　締めつけられる胸を押さえ、俺は廊下の壁にもたれるようにそのまま座りこんだ。
「……っ、……はぁ……」
　俺の心臓、大丈夫か……？
　最近、調子よかったんやけどな……。
　呼吸を整え、天井を仰ぐ。
　咲希の前で倒れるわけには絶対いかん。
　あいつを困らせたくない。
　悲しむ顔を見たくない……。

「先生、ベッド借ります」
　保健室に入ると、ふくちゃんに一応、声をかけ、ベッドに寝転んだ。
「立石くん、大丈夫？」
「……はい、薬飲んだんで」
　布団を首もとまでかぶり、うずくまる。
　ふくちゃんは「安静にしてなさい」とカーテンを閉めた。

「……情けねぇ」
　空は晴れ渡っていて、俺のどんよりとした気持ちとは正反対だった。

「アキ、大丈夫か？」
「あぁ……」
　放課後、空良が保健室で休む俺のところに迎えにきた。
　俺はベッドから起きあがり、丸イスに座る空良から視線をそらした。
「……なぁ、空良」
「ん？」
「俺さ、やっぱり咲希には言えへん」
「……病気のこと？」
「うん……」
「どうして？」
　そう尋ねる空良の方へ振り返り、目を見つめる。
「……好き、やから」
　俺は自分の気持ちに、正直びっくりしていた。
　咲希を見るとドキドキするし、話したいな、可愛いな、触れたいな……とそう思う気持ちが"好き"だという感情だと知らなかったからだ。
　こんな病気のヤツに好かれてもうれしくないやろうし、俺も同情してほしくなかった。
　だから余計に、好きな女の子に病気のことを知られたくないと思った。

ましてや、余命が1年も残されていない、なんて現実は知られたくなかった。
「そう……」
「…………」
　沈黙がしばらく続き、空良がそれを破った。
「アキ、週末どっか行かない？」
「……どっかって？」
　急になんや……？と空良を見つめると、フッと困ったように笑った。
「秘密」
「……そうか」
　なんとなく、それ以上は聞けなかった。
　また俺のことで空良がなにかを考えてくれていることぐらい、わかるから……。

　そして週末になり、俺は駅前の噴水に腰かけていた。
　空良のヤツ、遅すぎちゃうか？
　忘れ物したから、先に駅で待っとけって……。
　自分から誘ったんちゃうん……と時計で時間を確認する。
「……15分も待たせるって、なんやねん」
　だんだんといらだってきた頃、思いもよらぬ声が聞こえた。
「アキ？」
　その声にフイッと顔をあげる。
「……咲希？」
　制服姿じゃない咲希が突然目の前に現れ、凝視してしまう。

なんか、いつもとちがって可愛いやん。
「あれ？　空良は？」
「えっ？　空良って……お前もあいつ待ってんの？」
「お前もって……だって今日は空良が出かけようって誘ってくれたんだよ？」
「そうなん？」
　3人で出かけるなら、最初からそう言えよな。
　秘密って言うからなにするんか気になってたのに、3人で遊ぶってことやったんか。
　空良にちょっと怒っていると、スマホが震えた。
「……空良や」
「なんて？」
　メールの内容を読んで、俺は絶句した。
「…………」
「遅れるって？」
「……咲希、行こう」
「えっ？　空良は待たなくていいの？」
　いきなり歩きだした俺をキョトンと見つめる。
「あいつ、急用やって」
「そうなの？　えっ、じゃあやめとく？」
　……はっ？
「……俺じゃ嫌？」
「えっ……？」
「俺とふたりで出かけるのは嫌かって聞いてんねん」
「……嫌じゃない」

そう答える咲希に、なぜか顔がほころぶのがわかった。
「なら、えぇやん」
「うん……」
とまどう咲希の隣で適当に街中を歩き、なにをしようか考える。
「どこ行きたい？」
「んー……どこだろ」
キョロキョロしながら周りの店を確認する咲希。
「あ！　映画行きたい！」
「映画？」
「うん！　今、観たいのがあるんだけど、ダメ？」
ジッと俺の目を見つめてくる咲希の視線に、急にドキドキしてきた。
今までなんの意識もしなかった視線が、今はヤバいくらい俺の心臓をドキドキさせる。
「……えぇよ」
俺の心臓、持つかな……？

とりあえず映画に行くことにした俺は、咲希に連れられ映画館へと着いた。
こんなとこに映画館あったんや……。
「なに観んの？」
「あれ」
そう言って咲希が指をさした方へ視線を向ける。
「……コメディー？」

「うん！　アキ、コメディー好きかなーと思って」
　……俺が？
　咲希が観たい映画ちゃうの？
「好きやけど……咲希が観たいやつでいいよ？」
「ううん、私もコメディー映画好きだから」
　フフッと笑う咲希。
　俺はてっきり、恋愛映画を観るもんやとばかり思っていた。
　女は恋愛もんが好きやと、勝手に思いこんでしまってたわ……。
「あ、ちがう映画がいいならそれでいいよ？」
「いや、この映画でいい」
「そう？　じゃあ、チケット買ってくるね！」
　タッタ〜とチケット売り場に向かう咲希。
　……って、ちょっと待て!!
「咲希！　俺が払う！」
「えっ？　いいよ？　私のワガママで映画観るんだもん」
　サラッと言う咲希に、俺も簡単には引きさがれへん。
「いいから俺が払う！」
　ていうか、払わせろ！
「ちょっと、アキっ……！」
　文句を言う咲希を無視して、俺はチケットを２枚購入して戻った。
「……ありがと」
　困ったように返事する咲希だけど、ちょっとうれしそうに微笑んだ。

その表情がなんだかすごく可愛く見え、こっちまでうれしくて頬がゆるみそうになった。
「入ろ」
「うん。あ、なにか飲み物買っていい？」
　売店をチラッと見ながら、俺を引きとめる。
「あぁ……」
「アキはなに飲む？　お返しに奢るよ」
　なにする？と尋ねてくる咲希から、思わず目をそらす。
「……俺はなにもいらん」
「えー……遠慮しないでいいのに」
「そんなんちゃうよ。はよ買ってこい」
　軽く背中を押すと、しぶしぶ売店へと向かった。
　売店のドリンクメニューは、ジュースとコーヒーのみ。
　ジュースの糖分は心臓に負担がかかるし、コーヒーのカフェインは発作を誘発させる……。
　どちらも摂りすぎたらあかんから、俺は咲希の好意を断った。
　ごめんな、咲希……。

　それから少しして、オレンジジュースを手にした咲希と座席に着いた。
　映画は邦画で、最近人気の芸人と俳優が出ていて、そこそこおもしろかったと思う。
　ところどころで笑う咲希にチラッと目をやり、その姿が可愛く見えて、俺も笑みがこぼれた。

「あ～、おもしろかったね！」
「あぁ」
　背伸びしながら楽しそうに話す咲希。
　映画、観てよかったかも。
　咲希がこんなに喜んでくれて、可愛い笑顔も見られたから。
「空良も一緒に観られたらよかったのにね。急用ってなんだったんだろう……」
　ん―？と首を傾げる咲希。
　本当は、空良は急用なんかなかった。
　あいつが気を利かせて、俺と咲希がふたりで出かけられるように仕組んだだけ。
≪From：空良　俺、行かないから、咲希と仲よく!!≫
ってメールが届いた。
　空良のヤツ、絶対、俺の気持ちを知って楽しんでやがる。
　でも、空良がこうでもしてくれないと、咲希とふたりで出かけることはなかったと思う。
　俺にはデートに誘う勇気なんてないから……。
　そこは空良に感謝やな。
「それより腹減らへん？」
「減った！　なにか食べよ」
　ニコッと笑う咲希に、ドキッと心臓が鳴る。
　それから、咲希が以前から行きたかったというカフェに入り、サンドイッチやパスタを頼んだ。
　今日も咲希はデジカメを持ってきてくれていたから、お昼を食べながらお互いに写真を撮り合った。

「おいしかったね」
「あぁ。あ、さっき咲希が撮った写真見せて」
「いいよ、はい」

　お昼を食べおえ、海へと続く川が見える広場のベンチに腰をおろす。

　咲希からカメラを受け取ると、適当に写真を見だした。
「アキの気ぃ抜けた顔だ」

　横からカメラをのぞき、アハハ〜とからかうように言う咲希。
「失礼やな。咲希のこの顔もどうかと思うで？」

　サンドイッチにかぶりつこうとする瞬間の、口を大きく開けている写真。

　偶然(ぐうぜん)、おもしろい瞬間が撮影できた。

　意外と俺も写真のセンスがあるのかもしれん、と笑いそうになる。
「あっ！　なに、この写真!?　消してよねぇ！」
「嫌や！　おもしろいし残しとけ！」
「おもしろいって失礼だよー」

　手を上にあげ、カメラに届かないようにする。
「もー！　返して！　ヘンな写真撮るなら、もうアキの写真撮らないよ!?」

　咲希に怒ったように言われ、俺は少し焦(あせ)ってカメラを返した。
「怒んなよ……」
「アキが悪いんだからね」

「はいはい。それよりさ、空良とはたまに出かけたりしてたん？」
　咲希の機嫌が悪くなると思い、俺は話を変えた。
「……んー、たまにだけど」
「ふ～ん……」
　そうなんや。
　ずっと一緒にいるからって、そんなに出かけたりはしいひんのや……。
「あ、でも、アキとふたりで出かけるのは、はじめてだね」
「あぁ、そやな……」
　そう言われてはじめて、ふたりで出かけたことに気がつく。
「……で、デート……みたいだね」
　ボソッとつぶやくと、はずかしいのかうつむく咲希。
　それまで楽しかった俺の気持ちは、一瞬にして暗くなった。
　こうやって楽しめる時間は、あとどれくらい残っているんやろうか……。
　こうやって咲希は俺に、あとどれくらい笑顔を向けてくれるんやろうか。
　そう思うと、今まで楽しかった気持ちに影が落ちる。
「……アキ？」
　俺は咲希を見ることなく、ただ前を見つめていた。
　太陽の光が反射して、川はキラキラと光を放っている。
「……咲希」
「なに？」
「咲希のしたいことってなに？」

突然、話題を変える俺に、咲希はあわてたようなそぶりを見せた。

咲希にはどんな夢がある？

俺は咲希の邪魔にならへん？

「……したい、こと？」

予想外の質問だったのだろう。

返事に困った表情をしている。

「そう、したいこと。今でもこれからでも、咲希がしたいって思ってること」

「えー……なんだろ」

ちゃんと考えたことがなかったのか、困ったように悩みはじめる咲希。

いきなり聞かれても、そんな深く考えたことないよな……。

「……アキは？　あるの？　したいこと」

俺のしたいこと……？

俺にはなにかをしたいと思っても、それをやる時間が残されていない……。

未来がない。

「……咲希はさ、自分が将来どう在りたいか、考えたことある？」

咲希には、これからまだまだ時間がある。

俺みたいに、昔からいろいろとあきらめてきたような人生じゃないはずだ。

「アキ……どうしたの？　なんかヘンだよ？」

さらに困った表情を浮かべる咲希に、「ごめん、なんも

ないよ」と力なく微笑んだ。
　咲希にはこれからも時間がある。
　俺はその邪魔をしたらあかんよな。

Chapter 4

態度の急変

【咲希side】
　空良に誘われて待ち合わせ場所に行ってみるとアキがいて、思いもしなかったデートをすることになった。
　映画を観たり、一緒にご飯を食べたり、楽しい時間を過ごしていた。
　けれど、アキは急にテンションが低くなって、こんなことを聞いてきた。
「咲希のしたいことってなに？」
　様子がおかしい……。
「ごめん、なんもないよ」
　困ったようにアキは笑って、私からふたたび視線をそらした。
　どうしたの……？
「……っ」
「うわぁ〜！！　ママ〜！！」
　アキに声をかけようとした瞬間、近くで子供の泣く声が響いた。
　ビクッとし、アキと同時に泣き声のする方へと振り返る。
　そこには幼稚園児くらいの泣き叫んでいる男の子がいた。
「どうしたの？　ママは？」
「い、いなく、なっちゃったぁー……」
　あわてて駆けより、男の子に尋ねると、泣きながらも答

えてくれた。
　目に涙を浮かべながら、必死に泣きやもうとしている。
　目線が同じになるようにしゃがみ、男の子に笑いかける。
「ボク、名前は？」
「……カズ」
「カズくんか。カズくんはいくつなの？」
「5さい……」
　手を開き、5歳と示す。
「じゃあ、もうお兄ちゃんだね。ママも今、カズくんのこと探してくれてるはずだから、ここでお姉ちゃんと待ってよう？」
「……ママ、来る？」
「来るよ。だから待ってよ？」
「……うん」
　カズくんが鼻をすすりながらコクンとうなずくと、私は手を引いてアキのいるベンチまで戻り、座らせた。
「迷子？」
　コソッと耳もとで尋ねてくるアキに、不謹慎にもドキドキしてしまう。
「お母さんとはぐれたみたい。探しまわるより、ここでじっとしてた方が見つけてもらえると思うんだよね」
「そうか……」
　納得したように返事すると、カズくんを抱きあげ、膝に乗せるアキ。
「名前は？」

「カズ！」
「カズか。泣きやんだカズに、お兄ちゃんがいいものをあげよう」
　そう言ってカバンのポケットから缶ジュースを取り出した。
「ありがと！」
　やった！とうれしそうに、グビグビとジュースを飲むカズくん。
「……ジュースって、いつ買ったの？」
「えっ？　あぁ、咲希がカズに声かけてる間に」
「そうなんだ……」
　いつの間に行ったんだろ……。
　全然、気がつかなかった。
　カズくんと楽しそうにしているアキを見て、心が温かくなる。
「アキはいいお父さんになりそうだね」
　クスッと笑って言う。
　アキのことだから、「当たり前やん！」とか、照れながら「なに言うてんねん！」みたいな返事が返ってくるんだろうな……と思ったのに。
　アキを見ると、一瞬、笑顔がなくなった気がした。
「……どうやろな」
　そうつぶやいたかと思うと、またすぐに笑顔になり、カズくんをあやしていた。
　……アキ？

それからすぐにカズくんのお母さんは見つかり、「ありがとうございました」と何度も頭をさげ、カズくんと手を繋いで帰っていった。

「お母さん、すぐ見つかってよかったね」
　川の周りに備えられている、柵の手すりにもたれかかるようにして、ベンチに座るアキの前に立つ。
「……アキ、どうしたの？」
　さっきからうつむいたままで、私と視線を合わせてくれない。
　カズくんがいたときは笑ってたのに。
　私、なにか怒らせるようなこと言ったのかな……？
「アキ？」
　不安になって顔をのぞきこむように見ると、パッと顔をあげたアキと視線がバチッと合った。
　その視線が切なさを漂わせているように感じ、ドキッと心臓が飛びはねる。
「……抱きしめてもいい？」
「えっ……？」
　考える間もなく、気づけばアキに抱きしめられていた。
「ちょっ、アキ!?」
　腰に回された手と、お腹に顔を埋めてくるアキの突然の行動に頭がパニックに陥る。
　あぁ～、私、絶対に顔まっ赤だよ!!
「ア、アキ？」

ベンチに座ったままのアキの頭を見つめ、心を落ちつかせようとしながら、声をかける。
「……ごめん、もうちょっとこのままでいさせて」
　そう言ったかと思うと、ギュッと回している腕に力を入れられる。
　本当にアキ、どうしたんだろう？
　そう思いながらも、ポンポンと優しくアキの頭をなでる。
「……なにかあったの？」
「…………」
「……アキ？」
「…………」
　なにも答えないアキの頭に手を回し、抱きしめるように優しく包みこむ。

　どれくらいそうしていたのか、空は暗くなりはじめていた。
　腕の中にいるアキの温もりが、腰に回されたアキの腕の温もりが、愛おしく感じてくる。
　ドキドキしていた心臓も落ちつきを見せはじめた。
　頭に回していた腕をほどき、アキの頭を見おろすと、アキは相変わらず黙っていて、動く気配もない。
「……アキ？」
　呼びかけてみると、アキはようやく顔をあげた。
「……咲希」
「うん？」
　のぞきこむように見あげてくるアキを見つめ返す。

上目遣いでまっすぐ見つめてくる瞳に、ドキッと心臓が飛びはねる。
　私の鼓動の動きなど知るよしもなく、アキの手が頬に触れるように伸びてくる。
　ビクッとしながらも、その目があまりにも真剣で、視線をそらすことができなかった。
　そして……。
　アキの手が私の髪の毛を優しくなで、軽く引きよせられたかと思うと……次の瞬間、なにが起きたかわからなかった。
　近くにはアキの顔があって、唇になにかやわらかいものが触れた。
「……アキ？」
　今、なにした……？
　私から離れるアキを凝視する。
「……送る」
　そう言ってうつむくと、固まって動けない私を置いて、さっさと歩きだした。
　ええ!?
　ちょっと待ってよ！
　だ、だって……今、キ、キス……したよね!?
　カァーッと顔に熱が集中しだす。
「アキ!?」
　あわてて追いかけるけど、アキは結局、家に着くまで黙ったままだった。

「アキとのデートはどうだった？」
　アキとふたりで出かけた翌日。
　学校に着くとすぐに、空良がおもしろそうにアキと出かけたことについて感想を聞いてきた。
「デートって……やめてよ」
　からかうように話す空良に照れてしまう。
「……アキ、なにか言ってた？」
「なにかって？」
　アキにキスされた、なんて……言えないよ。
　キスされたときのことを思い出し、顔が熱くなる。
「ううん、なにも言ってないならいいよ！」
　あわてて手を横に振り、ヘンなこと聞くんじゃなかったと後悔する。
「あ、でも……いや、なんでもない」
「なに？」
「ううん、気にしないで」
　笑ってごまかす空良に少しモヤモヤする。
　言いかけてやめるとか、やめてよね。
　気になるじゃん。
　それより、さっきからアキの姿が見当たらない。
「アキ、休み？」
「遅刻」
「また寝坊したの？」
　よく授業の途中に登校してきたり、早退したりしてるけど……。

そう尋ねると、空良は「アキが来たら、直接聞いてみな」と、困ったように微笑した。

　それからアキは、２時間目の終わり頃に登校してきた。
　静かに授業の途中に入ってきたかと思うと、すぐに休み時間になった。
　次の古典の授業の準備をするアキを、ジーッと見つめてしまう。
　昨日アキと別れてから、今日、会ったらどんな風に接したらいいかなとか、緊張しちゃうかなとか、いろいろ考えて眠れなかった。

　だけどその日、午後の授業が終わってもアキが話しかけてくることはなかった。
　いつもは他愛ない話でも少しはするのに、今日は空良や他の男子としか話してない。
　私にキスしたから、顔を合わせづらいのかな……？
　私だって、というか、いきなりキスされて、なにも言われない私の方が気まずいんだけど！
　そう思うと、ちょっと腹が立ってきた。
「……アキ！」
　教室を出ていくアキを追い私も廊下に出ると、どこかへ行こうとしていたアキを捕まえる。
「……なに？」
　面倒くさそうな表情を浮かべるアキに、ムッとする。

なに？
　その態度は!?
　軽くにらむも、アキは首をかいてため息をつくだけ。
「話ないなら行くで」
「えっ？　ちょっと、待ってよ」
　歩きだすアキの腕をつかみ、あわてて引きとめる。
　どうしよ、なにか言わなきゃ！
「今日、どうして遅刻したの？」
　って、今そんなこと聞いてどうすんの！
　心の中でツッコむも、聞いてしまったものは仕方ない。
　とりあえずアキの答えを待つ。
「……関係ないやん」
「えっ？」
　はじめて聞くアキの冷たい声。
　今のって、アキの声だよね……？
「なんでいちいち、お前に言わなアカンねん。ほっとけ」
　バッとつかんでいた手を振り払われた。
　いつもの優しい雰囲気とちがって、冷たい態度にびっくりして、思わず固まってしまう。
　そして、少し歩いたところで足を止めたかと思うと、アキは私の方に振り返った。
「そや、咲希」
「……なに？」
　思わずビクッとかまえてしまう。
「もう俺の写真、撮らんでえぇし」

「……なんで？」
「必要ないから」
　そう冷たく言うと、どこかに行ってしまった。
　アキ、どうしたの？
　いつものアキじゃないよ。
　それに、急にキスしておいて、なにもなかったような態度。
　私、なにかした……？
　この日を境に、次の日も、何日たっても、アキは私と口をきいてくれなくなった。

あきらめ

【空良side】
「なんか暗い?」
　朝、自分の席に着くと、咲希がすごく暗いオーラを漂わせていた。
「……空良ぁ」
　涙を目に浮かべ、咲希は今にも泣きだしそうになっていた。
「どうした?」
「……アキが、アキが〜」
　アキがなにかしたのか?
「咲希、移動しよ」
　コクンとうなずき、俺のうしろをついてくる咲希と、廊下の隅に行ってしゃがみこんだ。
「なにがあった?」
「……なにがって、私が知りたいよ」
「ケンカした?」
「ケンカならまだいいよ。最近、アキ、全然口きいてくれないんだもん」
　あぁ〜、そういえばそうかも。
　最近、アキと咲希が話しているのを見かけない。
「いつから? アキの態度が変わったのは」
「……この前、ふたりで出かけた次の日から」
　そんな前から?

気づかなかった……。
あの日は、帰ってきたときもとくに変わった様子はなかった。
でも、なにかを決心したかのようなことを言っていた気がする……。
俺に対しては態度が変わっていないから、アキの変化を見過ごしていた。
「……空良？」
「ふたりで出かけたとき、なにがあった？」
そう問うと、咲希は先週のことを思い出そうとしているのか、「んー……」と考えはじめた。
「なにって……映画行って、ベンチに座って話しただけだよ」
「それだけ？」
「うん……。あ、でも、アキの様子がヘンだったかも……」
「ヘン？」
咲希とのデートで緊張していたのか？
俺はのんきにそんなことを思ったが、話を聞いていくうちにちがうことがわかった。
「うん。自分が将来どう在りたいか考えたことあるか、とか聞いてきたり、迷子の男の子がいたんだけど、そのコと別れてからなんかおかしかった……」
「迷子の男の子？」
「うん。アキがあやしてたから、いいお父さんになりそうだねって言ったの」

なるほど……。
アキの様子がおかしくなった理由がわかった。
「……で、アキは?」
「どうやろな……って」
「そうか……」
それが原因かもしれないな。
「ね、私なにかしたかな? アキに嫌われるようなこと……したのかな?」
涙声で聞いてくる咲希。
嫌われるようなこと……?
「それはないだろ」
「どうして言いきれるの?」
アキはお前が好きだから……とは、俺の口からは言えないよなぁ。
さすがにアキに殺される。
「アキがお前を嫌うはずないだろ? 特別なんだから」
「……特別?」
「うん。アキは、俺と咲希以外とはつるむ気ないし」
「……どうして?」
「さぁ……? どうしてだろうね」
そう言うと、咲希は俺から視線を外しうつむいた。
「……じゃ、じゃあさ」
「うん」
「……どうして、その……」
だんだんと声が小さくなっていく。

「なに?」
　最後が聞きとれず、聞きなおす。
「……だから!　その、……き、キス……したのかな?」
　顔をまっ赤に染め、手で顔を隠してうつむく咲希。
「……キスって……誰が?」
　俺はびっくりして、思わず目が見開いてしまった。
「……アキが」
「いつ?」
「この前、出かけたときに……アキにされたの……」
　頬を染めながら話す咲希。
「アキはなんて?」
「……なんにも。なんにもなかった感じで、避けられてる」
　咲希の話を聞いて、アキにカチンときた。
「悪い、咲希。先に教室戻ってて」
「えっ?　どこ行くの?」
　あわてる咲希の質問に答えることなく、俺は歩きだした。
　あいつ、バカじゃねぇか!?
　保健室で休んでいるであろうアキのところに急いで向かう。
　絶対に、あいつの行動はまちがってる。

【太陽side】
　今日も俺は、朝から保健室にいた。
　教室にはいづらい……。
　だから最近は、朝礼のチャイムが鳴るぎりぎりまで保健

室で過ごしている。
「今日も来たの?」
「はい。チャイムが鳴る前には教室行くんで」
「そう? なにかあったら相談するのよ?」
「はーい」
　心配そうな表情を浮かべるふくちゃんに適当に返事をし、ソファに腰かけた。
　はぁ……とため息をついたと同時に、バンッ！と勢いよく保健室のドアが開いた。
　ビクッとして振り返ると、空良が恐ろしい顔をしていた。
「静かにドア開けぇな……」
　キレてんな……と思いながらも、空良に注意する。
「お前、なに考えてんの?」
「なにが?」
　ツカツカと歩みよってきたかと思うと、俺の胸（むな）ぐらをつかんだ。
「なにすんねん」
「お前こそ、なにしてんだよ?」
　にらみ合う俺らを止めようと、ふくちゃんがあわてて駆けよってくる。
「どうしたの? ケンカはダメよ!」
「お前、あいつのこと好きなんだろ?」
　仲裁（ちゅうさい）に入るふくちゃんを無視して、話を続ける空良。
「あいつって? 咲希のこと? あいつからなにか聞いたんか?」

「あぁ……。好きなんだろ？」
　もう一度、俺の気持ちを確認するように聞いてくる。
「……だったら？」
「じゃあ、なんであんなことすんだよ!?」
「……あんなことって？」
　本当はわかってて聞いた。
　空良がなにに対して怒っているのか……。
「だから！　お前があいつにしたことだろ！」
「……お前に関係ないやん」
　空良に俺の気持ちなんてわかるわけない。
　俺の……病人の本当の気持ちなんて……。
「はっ!?　関係ない？」
　その俺の言葉についにキレたのか、空良は俺の胸ぐらをつかんで、思いっきり投げ飛ばした。
　ガッシャーン！とすごい音を立て、俺は消毒液や絆創膏などが置かれている小さな棚に当たった。
「……ったぁ」
　本気で投げ飛ばしよったな。
　ふくちゃんはびっくりしながらも、俺たちの言い争いが止まらないと判断したのか、ため息をついている。
「関係なくなんかねぇよ！　お前の心配してんのがわかんねぇのかよ!?」
「いちいちうっさいねん！　首突っこんでくんな！」
　本当はわかってる。
　空良が、自分よりも俺のことを心配してくれていること

ぐらい。
　立ちあがり、空良を無視してベッドの方へと歩きだすと、肩をつかまれた。
「どうして嫌われることすんだよ？」
「……はっ？」
　空良を軽くにらむ。
「なんで、わざわざ嫌われるような態度取んだよ？」
「……嫌われたいからやん」
　肩に置かれた空良の手を払いのけ、ベッドに腰かけた。
「お前はそれが気に食わへんねろ？」
　俺が咲希にキスしたことや、冷たい態度取ることじゃなくて、俺のそうする理由が気に食わない。
「あぁ、そうだよ。好きなくせに、なんで嫌ってるような態度取るんだよ？　なんで嫌われるようなことするんだよ？」
「……お前ならわかるやろ？　これ以上、咲希に近づいたら、好きって感情が抑えきれんくなる」
「いいだろ？　それが普通のことなんだから」
「あいつのこと、悲しませたくないねん！　俺の病気のこと知ったら傷つくのはあいつやろ!?　……いつか俺はいなくなるかもしれへんねんで？」
　だったら、なにも知らないうちに嫌われた方がマシだ……。
　そう思って、咲希と距離を置くことにした。
「……だからって、咲希になにも言わないつもりかよ？　ずっと隠しとおせるって、本気で思ってんの？」
「……思ってへんよ。でも、好きやから泣かせたくないし、

同情なんかしてほしない」
「……ガンコ者」
「なんとでも言え」
「お前はバカだ、大バカ野郎(やろう)だよ！」

　そう言う空良の目には涙が浮かんでいた。

　なぁ、空良……。

　俺さ、この前の咲希の発言に引っかかってん……。

　『いいお父さんになりそうだね』って……。

　俺はいいお父さんになんかなれへん。

　俺には未来がない……。

　先週、咲希と出かけて、咲希に触れたいと思った。

　ずっと一緒にいたいと思った。

　でも……俺には無理や。

　こんな気持ち、知らずにいたかった。

　こんなに苦しいなら、好きになるんじゃなかった。

　そう思ったら、嫌われればいいと思った。

　俺のことなんて最低だと嫌ってくれたらいいと、傷つけて逃げることを選んだ。

　空良だってわかってるやろ？

　俺がいつまで生きられるんか……。

　そんな見えない、あるかどうかもわからない未来を期待したくないし、期待もさせたくない。

　だから咲希……俺のこと、嫌いになってくれ。

席替え

【咲希side】
　アキと口をきかなくなって2週間がたった。
　話しかけても無視されるから、私もだんだん話しかけなくなった。
「じゃあ、黒板に書いてある番号のところに移動しろ」
　担任の木下先生の声を合図に、ざわざわと騒ぎながら、みんなが机を移動させはじめる。
　2学期はじめての席替えが行われた。
「あっ、隣だ！」
「やった！　また一緒だね」
「一番前で最悪……」
　いろいろな声が聞こえる中、私は自分の新しい席へと着いた。
　教室のまん中あたりの席。
　隣、誰かな……と少しワクワクしながら移動してきた人を確認する。
「……アキ!?」
　びっくりして思わず声に出してしまった。
　そんな私をアキはチラッと見るだけで、すぐそっぽを向いてしまった。
　やっぱり、私とは話してくれないんだ……。
　……ムカつく。

でも、隣とかちょっとうれしいかも。

「立石くんが隣になってよかったね」
　席替えして数日後の休み時間、未来ちゃんが笑顔で話しかけてきた。
「うん……。でも、相変わらず無視されてるよ……」
　はぁ〜……とため息をつくと、未来ちゃんはアキの席の方に視線を向けた。
　アキは休み時間のたびに席を立ち、ほとんどいない。
　まるで私を避けているみたいだ。
「急にどうしたんだろうね？　なにかあったのかな？」
「わかんない。空良もなにも教えてくれないし……。仲がいいっていっても、私だけ仲間外れだもん」
　いつも肝心なことは教えてくれない……。
　いいかげん、私だって嫌になるよ。
「咲希ちゃんに知られたくないことでもあるのかな？」
「私に知られたくないこと……？　なんだろ……？」
　考えてみるけど、思い当たらない。
「あ、立石くんだ」
　そのとき、教室に入ってきたアキに気づいた未来ちゃんは、あわてて話題を変えた。
「今日、なんのテレビがあったっけ？」
「なんだっけ……」
　未来ちゃん、急にまったく関係ない話題に変えすぎだから。
　そんな私たちを気にすることもなく、アキは席に座ると、

机に突っぷした。
これもいつもの光景。
アキが座席にいるときは、たいてい寝ていることが多い。
「そろそろ戻るね」
「うん」
チャイムが鳴る前に、未来ちゃんは自分の席へと戻っていった。
頬杖をついて、隣の席に目をやる。
アキの黒髪の後頭部が目に映るだけで、ドキドキしてくる。
これだけでドキドキするって、私、どんだけ重症なんだ……。
冷たくされても、避けられても、アキを嫌いになれないどころか、ますます好きになっている。
こんなにアキを好きになるなんて……思ってもみなかった。
キーンコーンカーンコーンと授業開始のベルが鳴り、ハッと我に返る。
アキ、まだ寝てる……。
「……アキ、授業だよ？」
一応、小さくだけど声をかけてみると、アキはゆっくりと体を起こした。
そして、頬杖をつきながら、つまらなさそうに授業を受けだした。
今のって、私の声に反応してくれたのかな？
わからないけど、そんな小さなことでもうれしかった。

【空良side】
「アキ、なにやってんの？」
「……なにって、いちご牛乳飲んでんの」
　ちゅーっとストローで吸いながら飲んでいるアキの横に立つ。
「雨なのに？」
　空をうかがうように顔をあげると、俺は屋上の扉の前でしゃがむアキの隣に腰をおろした。
「寒くないの？」
「……べつに」
　アキはそう言うが、屋上には冷たい風が吹きわたっていて、肌寒く感じる。
「教室にいたくないの？」
「…………」
「そうか」
　なにも答えないアキに、俺は「はぁー」とあきれたようにため息をついた。
「……咲希、なにか言うてる？」
　それでもやっぱり気にはなるのか、アキは小声で聞いてきた。
「無視されてムカつくーってさ」
「あぁ、そう……」
　自分からそう仕向けているのに、アキはどこかさびしそうな表情をした。
「咲希、お前のこと嫌いにならないと思うよ？」

「…………」
　本当はアキもわかっているはずだ。
　咲希がそれくらいでお前のことを嫌いになるはずがないことを……。
　俺は素直になれないアキにあきれるように微笑んだ。
「教室、戻るか」
「……あぁ」

　屋上をあとにし教室に戻ると、相原さんと話している咲希が目に入った。
　アキは深呼吸をして席に着き、咲希に背を向けるように机に突っぷした。
　アキが言うには、隣に咲希がいると思うだけでヘンに緊張してしまうらしい。
　だから毎回、寝たフリをして話しかけられないようにしている。
　本当にバカなヤツだと、つくづく思う。
　もう少し、自分の気持ちに正直になればいいのに。
　咲希は冷たく接するアキに、負けずに話しかけている。
　俺はそんなふたりの気持ちを知りながらも、なにもできない自分を腹立たしく感じていた。

【咲希side】
「毎時間書くの面倒くさいし、日誌頼むわ」
「あ、うん……」

休み時間。
　アキから日誌を渡され、今日はアキとふたりで日直だったことに気がつく。
　季節は冬を迎えようとしていた。
　アキと話さなくなって、数週間。
　アキは相変わらず、余計な会話はしてこない。
「アキ、なにかあったの？」
「……はっ？」
　キョトンとするアキに、がんばって話しかけてみる。
　いいかげん、私を避ける理由を知りたかった。
　アキが話しかけてきた今がチャンスだ。
　このまま会話を続けないと、もう聞けないと思った。
「私、なにかした？」
「べつに……」
　そう言い捨てるように言うと、教室から出ていってしまった。
「……そんな避けなくてもいいじゃん」
　誰もいなくなった隣の席を見つめ、ひとりつぶやいた。
　騒々しい教室とは反対に、私の心はだんだんと暗くなっていく。
　どうしてこうなっちゃったんだろう？

　1日はあっという間に過ぎて、気づけば放課後になっていた。
　アキは日誌以外の日直の仕事を黙って片づけていった。

それなのに、日誌しか担当していない私はまだ終わらないでいる。
「日誌、書けた？」
「ごめん、まだ……」
　帰る準備を終えたアキは私の返事を聞くと、ふたたび席に着いた。
「あ、私が出して帰るから、先に帰っていいよ？」
「……いーよ、待つ」
　ボソッと、私を見ることなく話すアキ。
「いいの？」
「あぁ」
「遠慮しないで帰っていいんだよ？　私、日直の仕事って日誌しかやってないし」
「ええって言ってるやん。はよ書けよ」
　チラッと私を見ると、すぐ視線を下に向けた。
「……うん」
　怒ったように話すアキだけど、久しぶりに会話ができた気がしてうれしくなる。
　会話はそこで途絶えてしまい、日誌を書くシャーペンの音と、教室にある時計の針の音だけが大きく聞こえる。
　オレンジ色の夕日が差しこんでいた教室は、夕日が沈みはじめ、だんだんと暗くなってきていた。
「……アキ」
「書けたん？」
　なにかの小説を読んでいたアキは、私の手もとにある日

誌に目を向けた。
「あ、もう少し……」
　そう答えると、ふたたび小説に視線を戻す。
　本当はね、日誌はとっくに書きおわってるんだよ。
　でも、アキともう少し一緒にいたくて、嘘、ついちゃった……。
「咲希」
「へっ？　なに？」
　不意に名前を呼ばれ、ドキッとしてしまう。
「なんで、なにも言わへんの？」
「なにもって……？」
　意味がわからず、私を見つめるアキを見つめ返す。
「……なんで、なんであんとき、キスしたんか、とか……」
「……急になに？」
　突然、あのときのキスの話をされ、ドキドキと心臓が鳴りだす。
　アキは前髪をくしゃくしゃといじり、ため息をつきながらうつむいた。
「アキ？」
「なんで？　なんでお前のこと避けてんのに、俺にかまおうとするん？　俺、お前の意思、無視してんぞ？」
　うつむいていて、アキの表情がよく見えない。
「……なんでって、そんなの決まってんじゃん」
　アキを見つめ口を開く。
「アキが……」

「ごめん、帰る」
　急に、言葉をさえぎるように席を立つアキ。
「ちょっと待ってよ!!」
　あわててアキのカバンをつかみ、引きとめる。
「……なんでそんなに避けるの？　私、アキに嫌われるようなことした？」
　今にも泣きだしてしまいそうなのを必死でこらえながら尋ねる。
「アキだからだよ？　アキだからかまいたくなるし、キスだって嫌じゃなかったんだよ？」
　一気に気持ちを言いおわって、顔に熱がこもるのがわかる。
　どうしよう。
　これじゃ告白したようなものだ。
「…………」
　アキはなにも言わず、私の中で不安な気持ちが大きくふくらむ。
　急にこんなこと言われても困るよね……。
「…………」
「…………」
　沈黙が流れる。
「アホちゃうか」
　そんな沈黙を破ったのはアキの声だった。
「……えっ？」
「俺なんか嫌ったらええやん。咲希にキスしたんだって……」
　そこまで言うと、アキはふたたび黙り、カバンをつかん

でいる私の手をほどいた。
「……暗くなるし、はよ帰れよ」
　私を見ることなく教室を出ていくアキ。
　私はそのうしろ姿を、動くことができないまま、ただ見つめ続けた。
　私にキスしたのはなに……？
　ねぇアキ、なんて言おうとしたの……？
「……咲希」
「空良！」
　そのとき、ひょこっと廊下から顔を出した空良にびっくりする。
「いたの？」
「偶然……」
　嘘っぽい空良の返事に、もう一度聞きなおす。
「いつからいたの？」
「……んー、咲希の告白から？」
　困ったように笑うと、教室に入ってきた。
　聞かれてたんだ……!!
　はずかしくて、カァーと顔に熱を帯びるのが自分でもわかった。
「空良、聞いてたの？」
「まぁ……うん」
　少し気まずそうに微笑む空良に、バレたなら仕方ない……とあきらめ、言葉を続ける。
「アキは私が嫌いなのかな？　空良が言うように、私はア

キの"特別"なんかじゃないんだよ」
「どうしてそう思うの?」
「だってアキ……なんでかまうん? 俺なんか嫌ったらえぇやんって……」
「ふっ、ははっ」
「な、なに!?」
　急に笑いだす空良にビクッと反応してしまう。
「むしろ、その反対だよ」
「反対?」
「アキは咲希を嫌ってないし、本当は嫌ってほしくなんかないよ」
「でも無視するじゃん」
「あいつ、バカだから」
　そう言うと、空良はニコッと笑った。
　空良って、たまに笑顔でさらっとキツイこと言うよね……。
「咲希はさ、アキがいなくなったらどう思う?」
「いなくなったら……? どういうこと?」
「んー、咲希の前から消えたら、ってこと」
　空良がなにが言いたいのかわからず、どう答えればいいのか言葉に悩む。
「まぁ、後悔しないようにがんばれってこと」
　クスッと困ったような表情を浮かべ、空良は日誌を手に取った。
　どういう意味なんだろう……。
「帰ろ」

「あ、うん……」
　空良の言うことがよくわからないまま、急いで荷物をまとめ、教室を出た。
　それ以降、空良はなにも言わずに家まで送ってくれた。

不器用

【空良side】
「アキ、先に帰んなよ」
「お前こそ盗み聞きしてんなよ」

　自分の部屋で小説を読んでいたアキは、部屋に入ってきた俺を軽くにらんだ。
「盗み聞きって、人聞き悪いな〜」
「そうやろ？　廊下で俺らの話、聞いとったくせに」
「偶然だよ。ていうか、俺がいたの気づいてたんだ？」
「あぁ」

　あきれたように返事をし、ふたたび小説に視線を戻した。
「なんで咲希に気持ち伝えないの？」
「…………」
「好きだからキスしたって、どうして言わないの？」
「…………」
「太陽、冷たい態度取るんじゃなくて、ちゃんと自分の考えを伝えろ」

　そうじゃないと咲希がかわいそうだ。
　これだけアキのことを想ってくれてるのに。
　それに、アキの"生きる意味"になるかもしれないのに。
　アキはわかっていない。
　避けて逃げることばかり考えてる。
　そう思うと、今のふたりの現状にじれったさを感じた。

本を閉じてうつむくアキのそばに腰をおろすと、アキが口を開いた。
「……あのとき、キスしたときさ」
「うん」
「自分に未来なんてない、咲希を幸せにできる未来なんてないって思った……」
「うん」
　つぶやくように話すアキに耳を傾け、相づちを打つ。
「でも、好きって気持ちは抑えられんくって、咲希の気持ちなんか無視して、気づいたらキスしてた。あー……こんなんしたら嫌われるやろうな……って思ったとき、こんまま嫌われたらええやんって」
「うん」
「やのにあいつ、アホちゃうか。がんばって無視してんのに、がんばって話しかけてくるんやもん」
　ハハッと力なく笑うと、「はー……」と小さくため息をついたアキ。
　話しているアキの表情がだんだんと辛さを伝えてくる。
　なんでこいつはそうやって、なんでもあきらめるんだろうか。
「あきらめようとしてんのに、あきらめきれんくなる」
「どうしてあきらめんだよ？　咲希がお前の病気を知ったからって、あいつは変わんねぇよ」
「……やろうな」
「だったら……」

だったら自分の気持ち言えよ。
　なんで自分の気持ちを殺すんだよ!?
「…………」
　アキはなにも言わずに黙りこんだ。
「太陽、お前なんのためにこっち戻ってきたんだよ？　今までそうやって、いろいろなことをあきらめてきたからだろ？　最後ぐらい精いっぱい、楽しく生きようと思ったからだろ？」
　知らないうちに、俺は必死にアキを説得していた。
　意地を張るのも、逃げるのも、あきらめるのも。
　アキのすべてに腹が立つ。
「……なんでやろ」
「えっ？」
「なんで咲希のこと、好きになってしまったんやろ」
「……初恋なんだろ？　だったら、あきらめんなよ」
　そう言うと、アキはうつむいていた顔をあげ、目を赤くさせながら俺を見た。
「咲希は、なにも知らずにいなくなられた方が嫌だと思うぞ？」
「好きにならんかったら、こんな苦しい思いしんかったのにな……」
　手で目もとをおおうと、アキはふたたびうつむいた。
　部屋にはアキの涙をこらえる声が響く。
　俺は震えるアキの背中をさすり、泣きやむのを待つ。
　どうしてこいつは、こんなにも不器用なんだろうか。

ただ俺は、アキに笑って過ごしてほしいだけなのに……。
「……本当は今日、送ろうとしてたんだろ？」
　咲希のこと……と言うと、アキは一瞬、驚いたような表情を浮かべ、すぐに顔を赤くした。
「あきらめんなら、咲希に告ってからにしろ。後悔するような時間の使い方をするな」
「……あぁ、そやな」
　そう言って目を赤くしながら、アキは情けなさそうに優しい笑みを浮かべた。

【太陽side】
『なんで、なにも言わへんの？』
　本当は今日、咲希にあんなことを聞くつもりじゃなかった。
　でも聞いてしまったのは、無視し続ける俺に負けずに話しかけてくる咲希に、ヘンな期待がふくらんできたのを打ち消したかったからかもしれない……。
　唐突に聞いた俺に、咲希は一瞬キョトンとした。
『……なんで、なんであんとき、キスしたんか、とか……』
　急に聞いて困らすかと思ったけど、無意識に聞いてしまっていた。
　咲希は俺とのキスをどう思ったん？
『……急になに？』
『なんで？　なんでお前のこと避けてんのに、俺にかまおうとするん？　俺、お前の意思、無視してんぞ？』
　いっそのこと、嫌ってくれたら楽やのに。

『……なんでって、そんなの決まってんじゃん。アキが……』
　俺を見つめ、口を開く咲希の言葉を『ごめん、帰る』とあわててさえぎった。
　こんなん聞いて、どうすんねん。
　もし、もしも咲希が……。
『ちょっと待ってよ!!』
　すると、背後から咲希の必死な声が聞こえてきた。
『……なんでそんなに避けるの？　私、アキに嫌われるようなことした？』
　してへんよ。
　嫌われるようなこと、なにもしてへん。
　だから、これ以上言うなよ。
『アキだからだよ？　アキだからかまいたくなるし、キスだって嫌じゃなかったんだよ？』
　あー、やっぱり……。
　顔をまっ赤にする咲希を見て、確信した。
　咲希は俺のことを想ってくれている……。
『アホちゃうか』
　鼻で笑うように俺はつぶやき、咲希を見た。
　これは俺自身に言った言葉。
『……えっ？』
『俺なんか嫌ったらええやん。咲希にキスしたんだって……』
　そこまで言うと口を閉じた。
　嫌われたかったから……なんて言葉、嘘でも言えんかった。
　ホンマは、咲希にキスしたんは好きやから……。

嫌ってほしいって思ったのに、これやったら反対やん。
『……暗くなるし、はよ帰れよ』
　そう一言だけ言い、俺は教室をあとにした。
　廊下には空良が苦笑しながら立っていたが、無視して学校を出た。

　夜、空良に自分の気持ちを打ち明けたら、少し楽になった。
　咲希に避けられるかもしれんし、泣かせるだけかもしれんけど、自分の気持ちを伝えよう……。
　空良に説得され、自分の気持ちに正直になろうと思った。
　咲希に会いに転校してきたって冗談で言った言葉が、まさか本当になるとは思いもしんかった……。

　次の日、学校に行くと咲希はすでに来ており、相原さんと話していた。
「……おはよ」
「……おはよう」
　驚いたような表情を浮かべる咲希から視線をそらし、自分の席に着く。
　そりゃ、驚くよな。
　ずっと無視してたのに、急にあいさつしてくるなんて。
「咲希、昨日は悪かった」
「……ううん」
　咲希を見ることなく謝る。

今までさんざん無視してきたのに、急に今までどおり話しかけるなんてできなかった。
　相原さんだけが、不思議そうに俺と咲希を交互(こうご)に見ていた。

Chapter 5

命懸けの行為

【太陽side】

　結局、咲希に素直になれないまま、午後の授業が始まった。
「今日、女子と一緒みたいだな」
「先生、休みなんだっけ？」
　そう話しながら、体育館のまん中にさげられたネットごしに女子を見る男ども。
　男子の体育の先生が急用で休みになり、女子と一緒に授業になった。
　女子はバドミントンらしく、ネットを張ったり、準備をしている。
「俺らはバスケみたいだよ」
「ふーん……」
　女子の方を見つめていた俺に、空良がニコリと笑いかけながら言った。
「俺には関係ないから」
　そう言って、空良から視線を外しうつむいた。
「太陽」
「ん？」
「あんまり意地はんなよ？」
　困ったように微笑む空良に、一瞬、言葉に詰まった。
「……はよ行け」
　集合の合図がかけられているのに合わせ、追い払うよう

に空良をあしらう。
　なかなか自分の気持ちに素直になれないでいることは、空良にはお見通しみたいで、はずかしくなった。
　ピーッと体育館に鳴りひびく笛の音を合図に、コートを駆けまわる男子たち。
　もちろん俺は今日も見学。
　静かに体育館の片隅に移動し、バドミントンをしている咲希に目を向けた。
　楽しく笑いながら授業を受けている姿が胸を締めつける。
　……咲希。
「……ホンマは優しくしたいに決まってるやん」
　誰にも聞こえることのないようにつぶやいた俺の声は、バスケットボールの弾む音で消えた。
「めずらしい〜。体育の授業出てるなんて」
　うつむきかけた顔をパッとあげると、俺がずっと山本やと思っていた関口が物めずらしそうに俺を見ていた。
「なに？」
　思わず怪訝な顔付きになってしまうが、そんな俺にはおかまいなしに関口は言葉を続ける。
「体育やるの？」
「……はっ？」
　なに言ってんだ？と、コートを指さす関口を見つめる。
「次の試合やろうぜ。めずらしくサボってないんだから」
　めずらしいもなにも、俺は体育の授業に出たことはない。
　ほとんど保健室で過ごしているし、気が向いたら少しだ

け見学をして、そのあとは保健室で寝ているぐらいだ。
　だから今日も、すぐに保健室に行くつもりでいた。
　けど……今日は女子も体育が一緒だと聞いて、体育をしている咲希の姿を見てみたくて、まっすぐに保健室に行かずに見学に来た。
「俺、やらへんで」
　ていうか、できひん。
「なんでだよ？　いーじゃん、やろうぜ！　ちょうど前の試合も終わったみたいだしよ」
　勝手に話を進める関口からなんとか逃れようとするが、なかなかあきらめてくれない。
「女子にかっこいい姿見せろ！」
「そんなん、どうでもえぇわ」
「いいから！」
「ちょっ……！　離せや！」
　腕を引っぱられ、無理やりコートの中に立たされる。
　そんな俺の姿を見て、他の男子も騒ぎだした。
「立石が授業出てんぞ!?」
「体育出てんの、はじめて見る」
「体育、できんのかよ？」
　驚きや、バカにするような声が入りまじった話し声が聞こえはじめる。
「アキ！　なにやってんだよ!?」
「空良……」
　あわてて俺に駆けよってくる空良を、関口が笑って止めた。

「高峰は今の試合出たんだから、休憩しとけよ」
　そうじゃないんやけど……と関口を見るが、関口は俺とバスケをする気満々、といった表情を浮かべている。
「そうじゃない！　アキは……」
「空良！　……大丈夫、やと思う」
　叫ぶような空良の言葉をさえぎるように、言葉を発する。
　なにが大丈夫なんか、どう大丈夫なんかわからんけど、俺は自分に言い聞かせるように言った。
「……大丈夫って、そんなはずないだろ!?」
「なにモメてんだよ？　始めんぞ」
　さっさと試合を始めたそうに関口が言うと、他の男子もコートに入りはじめる。
「……咲希にバレてもいいって、決心したってこと？」
「…………」
　真剣な空良の口調に対して、俺はなにも答えられんかった。
　咲希に、なにもかも知られてもいいと思った。
　いや、知ってほしいと思った。
　本当の俺はこんなに弱くて情けない、どうしようもないヤツなんやと。
　それでも俺を受け入れてくれるんやろうか……。
　そう思っているうちに試合は始まり、コートの中を駆けまわる集団。
　そんな中に俺はただ立ちつくしていた。
　バスケって、どうやるんやっけ……？
　生まれてから今まで、バスケというものをやったことが

ない。
　バスケどころか、医者から運動のすべてを禁じられている。
　次々にシュートが決まっていく中で、俺は動けずに試合を客観視していた。
　ふと、ネットごしに数人の女子が試合を眺めていることに気づく。
　その中に咲希もいた。
　動くこともできず、ただ立ちつくしている俺を、どう見てるんやろうか。
　……情けな、俺。
「立石！　動け！」
「なにやってんだよ!?」
　同じチームのヤツらが怒りだした。
　動けって言われても……。
　空良に言った"大丈夫"ってなんやったんやろ……と自嘲さえ浮かぶ。
「立石！」
　名前を呼ばれると同時にボールがパスされ、とっさに受け取ってしまった。
　えっ、どうすんの!?
　一瞬、頭がパニクり、さらに固まってしまいそうになる。
「アキ!!」
　大きな声で名前を呼ばれ、周りを見渡す。
「シュートしなよ！」
　咲希が叫んでいる姿が視界に入った。

……なんやねん、えらそうに。
　女子の方から視線をボールに戻し、小さく深呼吸をした。
　俺だって、バスケぐらいできる！
「太陽っ……！！　やめろっ！！」
　空良の叫び声を無視して、俺はなにも考えることなくゴールに向かって走りだした。
　そして、ポスッとシュートを決めた。
　俺だって、これぐらいできるねん！
　けど、そう思った瞬間、俺の意識は遠のいた……。
「……っ、アキ！！」
　空良の声が遠くから聞こえた気がした。

【咲希side】
「見て、男子の方ざわついてるよ」
　バドミントンの試合待ちをしていると、未来ちゃんや他の女子が隣でバスケをする男子を見てはしゃぎだした。
「どうせ空良でしょ？」
　女子がキャーキャー言ってるし、と未来ちゃんに言う。
「ちがうよ！　高峰くんはさっき試合やってたもん。立石くんだよ！　立石くん」
「アキ？」
　アキが体育やってるからって、騒ぐほどのものかな？
「立石が体育出てんの、はじめて見る」
「体育、できんのかよ？」
　体育館のまん中には、男子と女子のスペースを隔てるよ

うにネットが吊るされている。
　そのネット際に立っていた男子が驚いたように話しているのに気がつき、声をかける。
「ねぇ、アキっていつも体育サボッてるの？」
　男女は体育が別だから、普段アキが体育の授業に出ているかどうかは知らなかった。
「えっ？　あぁ、ほとんど出てねぇよな？」
「あぁ」
　確認し合うように顔を合わせ、コートへと目を向ける男子たち。
　私もつられてコートに目を向ける。
　試合はすでに始まっていて、ボールを追いかける集団の中にひとり、アキは動かずに突っ立っていた。
「立石、なにしてんだよ？」
「ボール、カットしろよ！」
　応援しながら文句を言いだす男子たち。
　本当、なんで動かないの？
「あいつ、いつもサボッてんのって、運動オンチだからだったりして」
「ありえそー」
　バカにしたようにケラケラ笑いだす男子にムカッとくる。
　アキはそんな人じゃないよ！
「アキ!!」
　気づけば、ボールをパスされて固まっているアキに思いっきり叫んでいた。

「シュートしなよ！」って。
　私の声が届いたのかわからないけど、アキは素早く相手を避け、綺麗にシュートを決めた。
「やった！」
　小さく声をあげて喜び、視線でアキを追いかける。
「立石、すげぇー」
「あんだけ動けるなら、体育サボる必要ねぇのに」
　感動する男子の言葉に耳を傾けながら、心の中で同意する。
　アキは運動神経いいんだよ！
　バカにするなんて最低！
　そう心の中で思っていると、空良や他の男子が騒ぎだす声が聞こえてきた。
「太陽!!」
「立石!?」
　なに……？
　男子の密集する方に目を向ける。
「……アキ？」
　アキの周りには男子が群がっていて、よく姿が見えない。
　だけど、なにかただならぬ事態が起こっていることはわかった。
「先生、早く！」
「今、救急車呼んだから」
　普段、冷静な空良がものすごくあわてた様子で先生に指示をしている。
　私はなにが起こったのかわからず、空良や体育館に駆け

つけた先生たちをただ見つめるしかなかった。
「どうしたの?」
「立石くんが倒れたみたいだよ」
　女子の方も尋常な様子じゃないと気づき、ざわざわと騒ぎはじめる。
　アキ、どうしたの?
　急に倒れるなんて……。
「先生、僕んとこにお願いします!」
「わかった」
　空良もいつものような落ちつきはなく、表情が固くなっていた。
　空良んとこって、空良の病院ってことだよね?
　そんなことを頭の片隅で考えながら、目の前で行われているやり取りを見つめ続ける。
　普段落ちついている空良が、あんなにあわててるんだもん。
　絶対なにかあるんだよ。
　不安な気持ちに襲われていると、数分後、アキは救急車に乗って病院に運ばれていった。

　体育は途中で終わり、教室に戻ってからもアキの話題で持ちきりだった。
「咲希ちゃん、大丈夫……?」
「……うん」
　担任の木下先生が付き添いで病院に行ったので、次の古典の授業は自習となった。

けれど、誰も出されたプリントをやろうとはしない。

自習が面倒くさいのもあるだろうけど、みんなアキが突然倒れたことでざわついていた。

アキがどうして倒れたのかわからない私は、放心状態に近かった。

「立石くん、どこか悪かったのかな？」

「どうなんだろ……。私、アキのこと全然知らないや」

ハハッと力なく笑うと、未来ちゃんは悲しそうな表情を浮かべて黙った。

「……俺のせいだ」

突然、左隣の席から落ちこんだ声が聞こえてきた。

「関口くん……。どういうこと？」

「俺が無理やりバスケに参加させたから、あいつ倒れたんだよ……」

「……ちがうよ。アキは無理やり参加したんじゃないよ」

「でも、毎回体育休んでたってことは、運動しちゃいけなかったってことだろ？」

「…………」

そういうことなのかな……。

だから体育に出ていなかったし、たまに授業にも出ていなかったの？

「どうして気づかなかったんだろ……」

自分を責め、暗くなる関口くんに、どう答えればいいのか、まったくわからなかった。

だって、私もそんなことは知らずに『シュートしなよ』

なんて言ったんだから。
　私が、アキを危険な目にあわせたんだ。
　あんなこと、言うんじゃなかった……。
　その日の授業はなにも頭に入ってこなかった。
　アキの状態が知りたい。
　それだけが頭を占めていて、心臓がずっとバクバク鳴っていた。
　不安でおかしくなりそう……。

　放課後になり、空良の病院へと直行する。
　空良はアキが運ばれたとき、一緒に病院へ行っていた。
　受付でアキの居場所を聞き、バクバク鳴る心臓を落ちつかせながら向かう。
「咲希……」
　先に空良が私に気づいた。
「アキは？」
「集中治療室」
　廊下にあるイスには座らず、壁にもたれて立っている空良。
「まだ意識が戻ってないの？」
　そう問うと、「……うん」と静かな返事が返ってきた。
「そんなに悪いの……？」
「……うん」
　私から視線をそらして答える空良に、飛びつくように責めよる。
「どうして？　どうしていきなり倒れちゃったの!?　ずっ

と元気だったじゃん!」
　ボロボロと流れる涙を拭うのも忘れ、泣きくずれてしまった。
「……咲希」
　空良はしゃがみこみ、優しく私の涙を拭った。
「場所、移動しよ」
　なにも言わず、目に涙をためながら、空良を見つめる。
　空良はそっと私の手を引き、歩きだした。
「先生たち、戻ってくるから」
　学校の先生のことなのか、空良は誰もいない休憩スペースに場所を移した。
「なにか飲む?」
　空良が近くにある自販機を指さす。
「ううん、いい……」
「そう……」
「アキってどこか悪いの?　どうして倒れたの?」
　早く本題に入りたくて、空良に詰めよる。
「どうしてアキが関西に引っこしたか、知ってる?」
「えっ?　お父さんの転勤かなんかじゃなかった……?」
　突然の空良の質問に、ちょっと拍子抜けしてしまう。
「それもあるけど、もうひとつ理由があるんだよ」
「もうひとつ理由……?」
「思い出してみ?　昔、アキと遊んでたときってさ、アキどうしてた?」
「……どうって、走り………」

あれ……？
　一緒に走りまわってたかな？
　アキとなにをして遊んでいたか思い出そうとしても、部屋の中でおとなしくしていた記憶しかない。
　どうしてだろう……空良とは外で一緒に走りまわっていたのに。
　アキとは、外では砂遊びをした記憶しかない。
「思い出した？」
「えっ？　ちょ、どういうこと？」
「……ここが悪いんだよ」
　そう言いながら、空良は自分の心臓を人差し指でつついた。
「アキの親父さんの転勤に合わせて、関西の心臓手術で有名な病院に入院したんだよ」
　そんなこと、全然知らなかった。
　昔のアキのこと、なにも覚えていなかった……。
「……本当に心臓が悪いの？」
「あいつ、よく授業に出てないだろ？」
「うん……」
「サボッてるんじゃなくて、保健室で休んでたんだよ」
　そんな……。
「……嘘だぁ……。どうしよう……私、アキに無理なこと言っちゃった……」
　シュートしなよって……自殺行為じゃん。
「……どうしよ、私……うぅっ……ふぇ〜……っ」
　次から次にあふれ出す涙を抑えきれない。

私は取り返しのつかないことをしたんだと実感する。
「アキは大丈夫だよ」
　ギュッと私を優しく包みこみ、空良は自分に言い聞かせるようにつぶやいた。
　それでも集中治療室にいるアキのことを思うと、自分を責めるしかなかった。
　アキに会う資格がないと思った私はその日、アキに会わずに帰った。
　ちがう……アキに会う勇気がなかったんだ。

　アキの目が覚めたのは翌日の夕方だった。
『アキ、目覚ましたよ』と空良から電話が来た。
「本当!?」
『うん……。今から病院来る？』
「……ううん」
　まだ頭の中がごちゃごちゃしていて、アキとどんな風に会えばいいかわからない。
『そっか……』
「ごめんね……。電話くれたのに」
『いいよ。また連絡する』
「……うん」
　そうして空良からの電話は切れた。
　放課後、本当は、病院の前までは行っていた。
　でも、やっぱりアキに会う勇気がなくて、家に引き返していた。

ちょうど病院から家に着いたときに、空良から連絡が来た。
アキは私なんかと会いたくないよね……？
そう思うと、中に入ることができなかった。

「咲希、今から病院に来てほしいんだけど、いいかな？」
「……なんで？」
　アキが目覚めて3日目、学校が終わり帰ろうと廊下に出ると、空良に引きとめられた。
「アキが咲希と会いたいって」
「えっ？」
　空良の発言にドキッとしてしまう。
　廊下で話す私たちの横を、たくさんの生徒がちらちらと見ながらすれちがっていく。
　だけど、そんなことは気にならないくらい、心臓がバクバクして頭がまっ白になる。
「どういうこと？」
　声が震えるのを悟られないように尋ねる。
「咲希に話があるって」
「……話？」
　……嫌だ。
　怖い。
「……聞きたくない、聞きたくない！」
「ちょっ、落ちつけって！」
　バッとうつむき、泣きそうになる私を見て、空良があわてたようになだめる。

この場から逃げださないようにするためか、空良は私の腕をつかんだ。
「これ以上、アキに嫌われたくない！」
「はっ!?　なに言ってんだよ？」
「だって……私がアキを追いつめたんだよ!?　私があんな危険な状態に追いこんだの！　……アキ、死んでたかもしれないんだよ!?」
　いろいろな人が、声を荒らげる私を不審な目で見ながら通りすぎていく。
「そんなことない！　アキはそんなこと、これっぽっちも思ってなんかないよ！」
「……っでも！　怖いよ……。アキに会ってなにか言われるのが怖い……」
　なにも知らなかったとはいえ、私がアキの命を危険にさらしたんだ。
　きっと私を恨んでる。
　どんな顔をしてアキに会えばいいか、わからないよ……。
　アキに会えるほど、私は強くない。
「怖がることなんかない！　アキに言いたいことを言えばいいんだよ？　伝えたい気持ちがあるのに、なにも伝えずに終わらすのか？」
　ん？と、私の泣き顔をのぞくように見る空良。
　なにも伝えずに……？
「……嫌だ」
「だったら会ってやってよ？　咲希が考えてるようなマイ

ナスなことばかりじゃないかもしれないだろ？」
「……うん」
　グスッと鼻をすすり、小さくうなずいた。
　そうだよね。
　この機会を逃したら、アキはもう二度と会ってくれなくなるかもしれない……。
　アキになにも伝えないまま嫌われるのは、それだけは絶対に嫌だ。
「それから、咲希」
「……なに？」
「あいつから逃げないでやって」
　え……？
「どういうこと？」
「行けばわかるよ」
　クスッと優しく微笑み、空良は私の涙を指で拭った。

繋(つな)がる想い

【太陽side】
「…………」
　目を覚ますと、まっ白な天井が映りこんだ。
　規則的な機械の音と酸素マスク、病院特有の臭(にお)いが俺の現状を物語った。
　ここはおそらく、集中治療室だろう。
　俺、バスケやって倒れたんか……。
　あれくらいで倒れるとか、ダサいな……。
　ボーッとした働かない頭でなにがあったか思い出していると、ガラッと病室の戸が開き、誰かが入ってきた。
「あ、目、覚めた？」
　コクンとうなずくと、高良くんは微笑み、酸素マスクを外して診察しはじめた。
「危ない状態だったんだよ？　丸一日眠ってたんだから。無茶なんかするから……。もう二度とやるな」
　優しい口調から厳しい口調に変わる高良くん。
　ホンマに危険な状態やったんや、とあらためて思う。
　こうなるってわかってたのにな……。
「ごめん、高良くん……」
「太陽の両親も来てるよ」
「えっ？」
「院長と話してるみたいだから、あとで来ると思う」

院長とは空良の父親で、昔、俺を診てくれていた人。
　そして、引っこしてからも気にかけていてくれた医師だ。
「……泣いてた？」
「えっ？」
「母さん、泣いてた？」
　高良くんは眉を八の字にさげ、「そりゃあね、生死に関わるからね」と言った。
「高良くん、アキどう？」
「空良……。目、覚めたよ」
　ためらうことなく病室に入ってきた空良はそのまま、まっすぐに俺の方にやってきた。
「大丈夫か？」
「……死ぬかと思ったわ」
　ベッドの横にある丸イスに腰かける空良。
「集中治療室ってはじめてやわ」
「俺も」
　そう言って空良は苦笑した。
「ったく、冗談言ってる状態じゃないんだよ？」
「わかってるよ」
　あきれながらも心配そうな表情を浮かべ、注意してくる。
「高良くん、ちょっとアキと話したいんだけど、いい？」
「あぁ。なにかあったら呼べよ」
「うん」
　高良くんはひととおり診察すると、「またあとで来る」と病室を出ていった。

空良が言うにはあのあと、シュートを決めた俺はそのまま救急車で病院に運ばれたらしい。
「咲希が応援してたから？」
「……えっ？」
「"シュートしなよ！"って、叫んでただろ？」
　クスッと思い出したように笑う。
「いや、あれは……そうじゃなくて」
　なに焦ってんねん、俺！
　こんなの、認めてるようなもんやん。
「まったく動けずにいたのに、誰かさんの前ではかっこつけたかったわけだ？」
　ニヤッと意地悪な笑みを浮かべる空良に、俺ははずかしくなる。
　きっと今、顔が赤いだろう。
「図星なんだ？」
　ハハッとうれしそうに笑い飛ばす空良。
「うっさい！　ほっとけ！」
　カァーッと赤くなった顔をおおうように、口もとを手で隠す。
「……でも、バスケできてよかったな」
　しばらく笑っていた空良は笑うのをやめ、マジメな口調で言った。
　悲しそうに、でもうれしそうな微笑みを作りながら、空良は俺を見た。
「……そやな」

今回のが最初で最後のバスケかもしれんから……。
それより、気になることがある。
「……あいつは？」
「泣いてる。……混乱してるから、家に帰らせた」
「そうか……」
「…………」
「…………」
沈黙が空気を重たくさせる。
「太陽！」
そのとき、重たい空気を飛ばすように、誰かが病室に駆けこんできた。
「……っ、母さん」
ギューと抱きしめてくる母さんに困惑しつつ、父さんに目を向けると、その目はまっ赤だった。
「……ごめん、無茶して」
ただ謝ることしかできなくて、俺は何度も「ごめん」と繰り返した。
「太陽、もう大丈夫なのか？」
「……うん。母さんも、大丈夫だから泣かないで」
そう言って、母さんを落ちつかせる。
「心配したのよ……。病院から電話もらって、あわてて来たんだから」
「……うん」
両親は俺が倒れたと聞き、急いで駆けつけたらしい。
ふたりの様子を見て、本当に悪いことをしたと思った。

「太陽がなかなか目覚めないから、お母さん、どうしたらいいかわからなくなって……」
「やめなさい。太陽に言うことじゃない」
　泣きながら興奮する母さんを、父さんは冷静に落ちつかせる。
「ごめん……。もうしいひんから心配しんといて」
　なっ？と笑顔を作り、両親を見つめる。
「太陽、無茶するのはやめてほしいが、俺たちや周りに遠慮することなんかない。好きに過ごしていいんだよ？」
「……ありがと、父さん」
　泣きそうになるのをこらえてうつむくと、シーツが濡れた。
　父さんはいつもそうだ。
　父さんも辛いのに、俺の気持ちを優先してくれる……。
　自分勝手な俺の行動を受け入れてくれる。
　そう思うと、あふれてくる涙を止めることができなかった。
「我慢しないで泣きなさい」
　そう言って、父さんは俺を力強く抱きしめてくれた。
　俺ははじめて、父親の腕の中で泣いた。

　翌日、俺は一般病棟の個室に移され、しばらく入院することになった。
「親父さんたちは？」
　放課後、お見舞いに来てくれた空良は、誰もいない病室のイスに腰をおろした。
「帰った……って、まぁホテルにやけど」

「そうなんだ？　俺んちに泊まってもいいのに」
「これ以上、迷惑かけられんと思ってんねんろ」

　そう言って苦笑すると、空良は肩をすくめた。

　俺がこっちに戻りたいとワガママを言ったのは、転校してくる１ヶ月前。

　反対する両親を空良が説得してくれた。

「僕の家からなら病院にも通えますし、万が一にも備えられます」と。

　空良の説得と俺の必死のお願いに、両親はしぶしぶ承諾してくれたっけ。

　最後の時間を後悔なく、空良と一緒に過ごしたいと思った。

　両親には悪いが、学校生活を少しでも楽しく送りたかった。

「……空良」
「ん？」

　父さんが時間つぶしに、と持ってきてくれた雑誌にパラパラと目を通していた空良は、見あげるように視線を向けた。

　窓から見えるまっ暗な外から視線を空良に向け、俺は言った。

「咲希、連れてきてくれへん？」

　　　　　　　　＊　＊　＊

　翌日。

　コンコンと病室の戸がノックされ、静かに戸が開けられた。

　カーテンを閉めていたけど、シルエットで誰が入ってき

たかすぐに判断できた。
「……アキ？」
　遠慮がちな声が聞こえると同時に、カーテンが開かれた。
「来てくれたんや」
　よかった。
　来てくれないと思ってた咲希が来てくれたことに、うれしくなる。
　俺が小さく微笑むと、咲希は「……うん」と小さくうなずいた。
「ここ座って」
　ベッドの横にある丸イスに座るよう促す。
「目ぇ、赤い？」
　咲希の目が赤くなっていることに気づき、尋ねる。
「あ、うん……ちょっと」
　目を隠すようにあわててうつむき、すぐに顔をあげた。
　泣いてたんかな……。
「もう大丈夫なの？」
「うん……。びっくりさせてごめんな」
「……ううん、私の方こそごめんね」
「なんで咲希が謝んだよ？」
　悪いのは、ずっと黙ってた俺なのに……。
　なんでお前が謝んだよ？
「空良から聞くまで気づかなくて、ごめんね……」
「……心臓病のこと？」
「うん……。バスケなんかできる体じゃないのに、私があ

んなこと言ったから、アキを危険な状態に追いこんだんだよ、ね……」
　言いながら、顔がだんだんと曇っていく咲希。
　俺の病気のこと、聞いたんや。
　咲希のこんな表情を見たくなかった。
　こんな辛そうな表情をさせたいんじゃないのに……。
　そう思うと、俺は叫んでいた。
「それはちゃう‼　咲希のせいじゃない！」
「ちがわないよ！」
「ちゃう！　絶対にちゃう！　俺が……俺がかっこつけたかっただけや」
「……えっ？」
　頬に涙を流しながら、キョトンとした表情を浮かべる咲希。
「だから、その……咲希が応援してくれてたから、いいとこ見せたかったんや」
　咲希とは反対の方を向いて、首をポリポリとかく。
「……やっぱり、私のせいなんだ。私が応援なんかしたから」
　ふたたびポロポロと涙を流しはじめる咲希。
　今はどう言ってもマイナスにしか取れない状態らしい。
「咲希」
「ごめんね！　私のこと嫌いになったでしょ？」
「はぁ？　そんなこと言ってないやろ」
　なんでそうなんねん！
「だって、無視するのは嫌いだからでしょ？」
「ちゃうって！　……無視したんは、嫌われようとしたか

らや」
「……どういうこと？」
　涙で濡れた瞳をクリッとさせて見つめてくる。
　本人は無意識なんやろうけど、ドキッとしてしまう。
「咲希にこうやって泣かれるんが嫌やったから、なにも知られへんうちに、嫌われようとしたんやん……」
「じゃあ、わざとあんな態度取ってたの？」
「……あぁ」
「……じゃあ、あのときのキスは？　あれもわざと？」
「あれは……」
　好き、やからした……。
　口ごもる俺の返事を、黙って待つ咲希から一瞬、視線をそらした。
「…………」
　沈黙が続くかと思った瞬間、咲希が口を開いた。
「アキ、私ね、アキが好き」
「……えっ？」
　突然の告白に、咲希を凝視する。
　今、"好き"って言った？
　なんて返したらいいかわからず、固まってしまう。
「アキは私のこと、どう思ってる？」
　外は暗く、完全に日が沈んでいた。
　病室内は廊下から漏れる明かりだけで、暗くなりはじめていた。
「俺も咲希のことが好きや……。だからキスだってした。

でも……」
　シーンとする病室に俺の声が響く。
「でも……？」
「お前の気持ちには応えられへん」
「……なんで？」
　咲希の目からはジワッと涙があふれ出てくる。
「俺には、お前を幸せにしてやれへん」
「幸せって……」
「俺はこうやって、お前を泣かすことしかできひん。咲希には笑っててほしいねん。泣き顔なんか見たくない」
「……なにそれ。意味わかんないよ！　幸せにしてやれへんってなに？　人の幸せを勝手に決めないでよ!!」
　ガタッとイスから立ちあがる咲希に、「……ごめん」とつぶやくように言う。
　こんな俺といても、咲希は幸せになれへん。
　ただ悲しい思いをさせるだけや……。
「謝らないでよ！　私は、アキがいろいろなことをあきらめて生きてく方が悲しいよ！」
「…………」
「だいたい、私がいつアキに幸せにしてほしいって言った!?」
　涙を拭うことなく咲希は、俺を凝視しながら話し続ける。
「……私がするよ」
「えっ？」
　ボソッとつぶやくように言う咲希に、「どういう意味？」と聞き返す。

「私がアキを幸せにする！　だから、あきらめたりしないでよ……。お願いだから、ひとりでいなくなろうとしないで」
「…………」
「一緒にいてよ……」

　ふぇ～ん……と泣きだし、顔を手でおおう。

　咲希の泣き顔を見て、俺は気がついた。

　咲希を泣かせたくないと思って、病気のことを隠したり、距離を置いたのに、結局、俺は咲希を泣かすことしかしてへん。
「アホやな、俺」

　軽く自嘲し、咲希を抱きよせた。

　一瞬、ビクッと反応した咲希の耳もとでささやく。

　どうせ泣かせて悲しい思いをさせるなら……。
「なら、幸せにしてや」

　咲希が俺を幸せにして。

　俺が幸せなら、咲希も笑顔を見せてくれるやろ……？
「……するよ、絶対」

　グスッと泣く咲希を腕から解放し、頬を伝う涙を拭う。

　うるうるとした瞳の咲希を引きよせ、優しく唇を重ねた。

　残りの時間を一緒に過ごそう？

　ふたりで幸せになろう……。

*　*　*

「それで咲希の機嫌よかったんだ」
　クスッと笑い、丸イスに座る空良。
　次の日、空良は昨日の咲希との話を聞きに、学校帰りに病院にやってきた。
　咲希が、昨日俺に会いにきたことを空良に伝えたらしかった。
「うん、そうやと思う」
　照れていることを悟られないように答える。
「ホンマはさ、断ろうとしてんけどな……。でも、どうせ咲希が泣くなら一緒やんって思って」
「一緒？」
「俺の病気のこと知って、咲希が泣く姿を見たくないと思ってたけど、俺がいろんなことをあきらめて生きる姿見せて、泣かせてるんやったら、一緒やんって……」
「……うん、そうだな」
　納得するように返事する空良に話を続ける。
「そやったら、残された時間を、俺と一緒に咲希に笑って過ごしてほしいって思ってさ」
「なるほどね……」
　満足げにそう言うと、空良はニヤッとした。
　なんか嫌な予感……。
「で、咲希になんて言われたんだよ？」
　やっぱり……。
「告白されたんだろ？」
「誰が教えるか！」

「冗談だって」
　あわてる俺をハハッと楽しそうに笑いとばす。
「でも今日は一日中、アキが素直になったのか気にはなってたけどね」
　クスッと笑い、小さく文句をこぼす空良。
「……悪い。今日、お前が来てから直接言おうと思ってたから」
　昨日は空良に連絡するほどの余裕がなかった。
　咲希と想いが通じ合って、舞いあがって興奮していた俺は、なかなか眠りにもつけなかった。
「まぁ、咲希が昨日と打って変わって笑顔だったから、うまくいったんだろうとは思ったけどね」
　安心したように、うれしそうに微笑む空良。
　そんなに咲希、喜んでくれてるんや……。
「あかん！　俺、なんかはずかしくなってきた!!」
「なんだよ、急に……」
　突然、顔を手で隠す俺にびっくりする空良。
　だって、これから咲希とどんな顔して会えばいいねん!?
「アキー……って、空良も来てたんだ」
　そのとき、咲希が病室の入り口から顔をのぞかせた。
　とたんに心臓がバクバクと鳴りだす。
　ヤバ……ッ、俺の心臓、大丈夫かよ！
「咲希が来たなら帰ろうかな」
　ニヤッと俺に目を向けながら、イスから立ちあがる空良をあわてて引きとめる。

「待てよ！　帰んな！」
　もうちょい、いろ！
　せめて俺の心臓が落ちつくまで、いてくれ！と目で訴えかける。
「わかったよ。咲希も座れば？」
「あ、うん……」
　訴えが通じたのか、空良は座りなおし、隣に咲希を座らせた。
「リンゴ買ってきたんだ」
　ガサガサと音を立てながら、咲希は袋から赤いリンゴを取り出した。
「ありがと……」
「食べる？」
　コクンとうなずくと、咲希は持参した果物ナイフで慣れた手つきで皮をむきはじめた。
「咲希がリンゴの皮むけるなんて、なんか意外やわ」
「なにそれ。リンゴの皮ぐらいむけるよ」
　笑いまじりでムスッとした顔をする咲希。
「咲希って意外と器用にこなすもんな」
　感心したように言うと、「バカにしないでよねぇ」と笑った。
「俺、帰ろうかな」
　黙ってた空良がそう言って、ガタッとイスから立ちあがった。
「えっ、なんで？　もう、リンゴむけるよ？」

「やっと彼氏彼女になったふたりの邪魔、したくないし?」
　ニヤッと意地悪な笑みを浮かべながら、空良は病室を出ていった。
「な、なに言ってんだよな」
「ほ、本当だよっ」
　カァーッと、ふたりして空良の言葉に顔をまっ赤に染める。
　一瞬、緊張がやわらいだのに、また緊張してしまうやんけ!
「アキ、リンゴむけたよ」
　小さなフォークにリンゴを突き刺し、咲希ははずかしそうに俺に手渡した。
「……サンキュ」
　シャリと音を立ててリンゴを一口かじる。
「おいしい?」
「うん……」
　リンゴを噛みながら返事をする。
　咲希がむいてくれたと思うと、いつもよりずっとおいしく感じた。
　咲希もひとつ、リンゴを手に取って食べはじめた。
「アキ、あのね」
「ん?」
　リンゴを一口食べ、言いにくそうに口を開いた咲希。
「関口くんなんだけど、アキが倒れたのは自分のせいだって自分を責めてるの」
「関口が?」

「うん……。無理やりバスケさせたからって……」
 心配そうな表情を浮かべ、俺を見る咲希。
「関口が悪いわけじゃないよ。俺が自分からしたことなんやし」
 なっ？と咲希に微笑むが、不安そうな顔つきのまま。
「今度、学校行ったら、お前のせいじゃないって言うから大丈夫」
「うん……」
 関口も自分を責めてたんや……と気づくと、胸が痛くなった。
 俺は、どれだけ人を苦しめたらいいんやろ……。

始まるふたりの時間

【咲希side】
「咲希ちゃん、立石くんはまだ入院してるの?」
　昼休み、未来ちゃんがアキの席を見つめながら尋ねてきた。
　アキが入院してから1週間がたった。
「うん。でも、来週には学校来るみたい」
「そうなんだ。よかったね」
　ニコッと安心したように未来ちゃんは笑った。
「でさ、立石くんってなんで倒れたの?」
「未来ちゃんまでその質問〜?」
「だって気になるんだもん!」
　アキが病院に運ばれて以来、アキはなんで倒れたのかという質問が、私と空良に集中していた。
　でも、空良も私も、『アキが退院したら、本人が言うよ』と答えを避けていた。
「ごめんね……。アキに自分の口からみんなに言いたいから、私たちからは言わないでほしいってお願いされてるの」
　ごめんね……と手を合わせて謝ると、未来ちゃんはしぶしぶ納得したようにあきらめてくれた。
「でもさ、咲希ちゃんと立石くんのことは聞いてもいいよね!?」
　ニコッと笑い、興味津々な表情を浮かべている。
「えっ!?　なにもないよ?」

「だって、うまくいったんでしょ？」
「そうだけど……」
　未来ちゃんにはちゃんとアキとの関係を報告していた。
「よかったね！」と、すごくうれしそうに祝福してくれた。
　でも、両想いになったといっても、病院にお見舞いに行ってるだけだしなぁ……。
　なにを話したらいいのか。
「立石くんって、咲希ちゃんのこと好きだったのに、なんであんな冷たい態度取ってたの？」
　不思議そうに質問する未来ちゃん。
　たしかに不思議に思うよねぇ。
「んー……。アキにもいろいろと考えがあったみたいで……」
　本当のことは言えないから、なんとなくしか教えてあげられない。
　未来ちゃんは「いろいろねぇ……」と、少し不満そうにつぶやいた。
「じゃあ、告白は咲希ちゃんがしたの？」
「う、うん……まぁ」
　カァーッと顔に熱が集中するのが自分でもわかる。
「咲希ちゃん、照れすぎー！」
　アハハと楽しそうに笑う未来ちゃん。
　だって、はずかしいんだもん！
　盛りあがっていると、昼休み終了のチャイムが鳴り、未来ちゃんは楽しそうに自分の席へと戻っていった。
「アキ、早く来ないかな」

誰もいない隣の席を見て、小さくつぶやいた。

　それから数日後、アキは無事に退院し、ふたたび学校に登校することになった。
　今日はアキとふたりで登校で、少しドキドキしている。
　付き合うことになったんだから、ふたりで登校すれば？ と空良が気を利かせてくれたんだ。
「学校、久しぶりやー！」
　んー！ と背伸びをしながら校門を通るアキ。
「うれしそうだね」
　そう言うと、ニヒヒッと子供みたいな笑顔で「当たり前やん！」と言った。
「そだ、退院のお祝いしなきゃね！」
「お祝い？　そんなんええよ。入退院なんかめずらしないし」
　サラッと言ったあとに、しまった！ という表情をするアキ。
「そんなに入退院を繰り返してるの……？」
　明るかった気分が一瞬で曇ってしまった。
　やっぱりアキの体、私が思ってるより悪いんだ……。
「あっ、いや、今のは気にすんなよ！　なっ？」
　暗くなる私の顔を、あわてて笑顔でのぞいてくるアキ。
　あっ、これがダメなんだよね！
　私がアキのことで暗くなるのが、アキは嫌なんだもん。
「うん、わかった。でも辛いときがあったら、遠慮しないで頼ってね？」

そう言ってアキを見あげると、優しく微笑みながら「……うん」と言った。
　教室に入ると、そこにいる全員がアキに注目した。
「立石……大丈夫なのか？」
　アキを見たと同時に、クラスの男子が駆けよってくる。
「うん、ごめんな。心配かけたみたいで」
　アハハと、笑顔でアキは教室にいるクラスメイトに謝ると、気まずそうに自分の席からアキを見ていた関口くんに近づいていった。
「関口も悪かった。倒れたんはお前のせいじゃないから、なにも気にすんな」
「……でも、俺」
　晴れない表情の関口くんの言葉をさえぎり、アキは続けた。
「俺が自分で判断したことやし、俺自身が悪いねん。関口はなにも責任感じることなんかない」
　まっすぐ関口くんの目を見て真剣に言うアキに、関口くんは「……わかった。ありがとう」と少しうれしそうに安堵した表情を浮かべた。

　それからアキは朝のホームルームの時間に教壇に立ち、クラスのみんなに頭をさげた。
「心配かけて申し訳ありませんでした！　俺がなんで倒れたんか気になるかもしれませんが、もう大丈夫なんで心配しないでください！」
「なんで倒れたのー？」

「心配してたんだから、教えてくれてもいいだろ?」
 アキの言葉に納得しない数人が文句を言いはじめたけど、アキは「悪い……。それは言いたくない」と断った。
 あまりにもはっきりと言ったからか、文句を言う声が途切れた。
 アキは席に戻ってくると、「緊張したぁー」と苦笑した。
「本当のこと言わなくてよかったの?」
「ん? んー……そやな。言ったら気い遣われるやろ?」
 困ったような表情をするアキ。
「そうだね……」
 私はそれしか言えなかった。
 アキはいつも、アキなりの考えを持って行動している。
 だから、私が口を挟むことじゃないよね……。

「なぁ咲希、どっか行かへん?」
 休み時間、隣の席から足を組んだアキが話しかけてきた。
「どっかって?」
「どっか」
 ふにゃっと笑うアキ。
 その笑顔が可愛くて、キュンとくる。
 子供みたい。
「じゃあさ、写真撮りに行きたいな」
「写真?」
「うん……。アキの写真」
「……撮ってくれんの?」

「うん。アキがいいなら撮りたい」
「えぇに決まってるやん！」
　大きな声を出すアキに、周りにいたクラスメイトが振り向く。
「声、大きいよ」
「悪ぃ……」
　ハハッと苦笑する。
「今度の休みに出かけよ？」
「うん」
　ニコッと微笑むアキに、ドキドキ胸が鳴る。
　どんな写真を撮ろうかな。
　久しぶりにアキと出かけるから楽しみだよ。

　そして週末。
　アキと一緒に出かけるために、駅前で待ち合わせ。
「咲希！」
「早いね」
「おぅ！」
　ニコッと駅前の噴水に腰かけ、手を振るアキに近づく。
「どこ行く？」
「んー……どこ行こう」
　写真を撮りたいって言ったけど、どこに行こうか決めていたわけじゃない。
「適当にぶらぶらする？」
「……そだね」

悩む私を見かねてか、アキは苦笑しながら言った。

とりあえず歩きだし、街中を見てまわる。

ご飯を食べて、買い物して、はじめてデートしたときみたいにお互いに写真を撮り合って……時間はあっという間に過ぎていった。

今回はヘンな表情を撮られないように気をつけないと！と気を引きしめていた。

前のときとちがって、オシャレにも気を遣ったつもりだ。

アキはそんな変化に気づいてくれてるかな……。

「咲希」
「ん？」
「今日はありがとうな」

夕焼けが赤く染まる頃、丘の上にある公園にやってきた私たち。

ベンチに並んで座る。

優しく微笑むアキの表情はなんだか切なくて、胸がきゅーっと締めつけられる。

「……私も。写真撮らせてくれてありがと……」
「なんか、お礼言い合うのもヘンやな」

照れくさそうに笑うアキ。

「ねぇ、アキ……」
「ん？」
「一緒に写真、撮ろう？」
「……えっ？」

困惑した表情を浮かべ、黙りこむアキ。
　写真を整理していて、アキとふたりで一緒に撮った写真がないことに気づいた。
　どうしてかはわからないけど、アキは今まで写真は撮らせてくれても、一緒には写ってくれなかった。
　だから、1枚でも一緒に撮りたいと思った。
「……ダメ？」
「……えぇよ」
「……いいの？」
「あぁ」
　ニコッと優しく微笑まれ、予想外の返事にびっくりする。
「カメラ貸して」
　あわててアキにカメラを渡すと、アキはそれを持って通りすがりの女性に渡した。
「咲希、こっち」
　手招きされ、あわててアキのもとに近よると、グイッと腕を引きよせられた。
「きゃっ！」
「お願いします」
　ふらつく私の腰に手を回し、女性に撮影をお願いするアキ。
　手、手が……っ！
　っていうか、密着しすぎだし！
　はずかしくて、うつむきそうになると、アキの声が耳もとで聞こえた。
「顔、あげて」

「で、でも……っ」
「ヘンな顔で写んぞ？」
　なっ!?
　誰のせいだと思ってんのよ!?
「撮りますよ」
　はい、チーズ……と言う女性の言葉を合図に、シャッターは切られた。
「ありがとうございます」
　ちゃんと笑えたかな……？
　心配になりつつ、カメラを確認する。
「ふっ……」
「なに笑ってんのよ？」
　今、撮った写真を見て、クスクスと笑いだすアキ。
「いや、だって、可愛いな……と思って」
「なっ!?」
　今、サラリと可愛いって……!!
　カァーッと赤くなるのが自分でもわかる。
「咲希、緊張した顔で写ってんねんもん」
「だ、だって、それはアキが……」
　腰に手を回してくるから！
　ひとりあわあわとパニクる私を、アキはおかしそうにクスクス笑う。
「……咲希」
「……なによ？」
　アキを軽くにらむように返事する。

「俺さ……」
「うん」
「…………」
　すると、笑みは消え、真剣な表情になって黙りこむアキ。
「どうしたの？」
「……いや、こっち戻ってきてよかったなーと思って」
　そう言って小さく微笑む。
　アキの表情がなんだか泣きそうに見えて、「……うん」としか返せなかった。
「アキ」
「ん？」
「またどっか出かけようね」
「……あぁ」
　アキ……。
　私はアキを幸せにできるのかな……？

Chapter 6

残されている時間

【太陽side】
　年が明け、咲希と付き合いはじめて1ヶ月半が過ぎた。
　冬休みに入ってすぐ、俺は実家に戻って過ごしていた。
「太陽、今度はいつ戻ってくるんだ？」
「んー……春休みかな？」
　スマホをいじりながら父さんに返事する。
「春休みか……」
「なにかあんの？」
　つぶやくように話す父さんに視線を向ける。
「いや、なにもないんだが、もっと私たち……母さんに顔を見せてやってほしいんだ」
「……わかってるよ、大丈夫」
　そう答えると、安心したような表情をした。
　たしかに、転校してからは実家に一度も帰ってへんかったな……と気づく。
　一度、無茶して倒れてから、俺が元気なのか、さらに不安になっているのだろう。
　申し訳ない気持ちで胸が痛くなる。
「父さんたちも、なるべく会いにいくから」
「……うん」
　父さんたちは、残された時間が少ない俺のワガママを黙って聞いてくれる。

やのに俺は、無茶したり、心配かけたり。

本当に親不孝もんやと思う。

でも、今のこの生活が好きやから、やめたくはない。

俺に楽しい人生もあるって言ってくれた空良、幸せにしてあげるって言ってくれた咲希と、少しでも長く一緒にいたいから……。

「咲希!」

実家に10日間ほどいた俺は空良の家に帰る途中、咲希の姿を見つけた。

「アキ!? 帰ってきたの?」

「さっきな」

ニコッと笑って、どこかの帰りなのか、荷物をたくさん持つ咲希の隣を歩く。

「どっか行ってたん?」

「うん。未来ちゃんとバーゲンに」

そう言って、咲希は紙袋を少しあげて見せる。

電車が同じやったんか、駅の改札口で咲希と偶然、遭遇した。

ただそれだけやのに、咲希と会えたことがうれしくて、自然と笑みがこぼれる。

「持つわ」

「えっ!? いいよ! アキも荷物あるし、そんなに重くないし!」

断る咲希にちょっとムッとし、無理やり荷物を取りあげた。

「ちょっと、アキ!?」
「これぐらい大丈夫やから遠慮すんな」
「でも……」
「俺が大丈夫って言ったら大丈夫！」
　な？と微笑むと、咲希はしぶしぶといったようにうなずいた。

「あ、アキ、初詣(はつもうで)行った？」
　しばらく歩いていると、咲希が思い出したように口を開いた。
「初詣？」
　そりゃ行ったけど……と咲希を見る。
「そっか……」
　しゅんとなる咲希が可愛く見える。
「……行く？」
「えっ……!?」
「初詣、今から行くか？　せっかく会ったんやから」
「……うん、行く！」
　パアッと明るくなる咲希。
　ころころ変わる咲希の表情に笑みがこぼれる。
「……咲希」
　そう言って手を差し出すと、はずかしそうに手を握(にぎ)ってきた。
　あかん……可愛すぎる。
「なに？　笑って」

「いや、なんでもないよ」
　ニヤけてたんか、不思議そうな顔をする咲希にクスッと笑う。
「咲希は初詣行ってへんの？」
「行ったよ」
「行ったん？」
「うん。でも、アキとも行きたくて」
　ヘヘッと笑う。
「……咲希、今の笑顔、反則」
「えっ？」
　なにが？と不思議そうな表情をする。
　咲希って意外と天然？
　無意識にそんな表情されたら困るわ……。
　ひとり、理性と闘う俺を置いて、咲希はうれしそうに歩いている。
「やっぱり人少ないね」
「えっ？」
　咲希の言葉で、神社の前に着いていたことに気づく。
　正月から１週間近くたっているからか、人の多さは日常と変わらなかった。
　おさい銭を入れ、願い事をする。
　この時間が妙に長く感じた。
「……行こか」
「うん……」
　お互い、なにを願ったかは聞かなかった。

「明日から学校だね」
「あぁ」
　神社を出てまた歩きはじめる。
「……アキ」
「ん？」
「前に、こっちに戻ってきてよかったって言ったでしょ？」
「うん」
　夕日がふたりの影を作る。
　小さい影と、それより少し大きい影。
「私も、戻ってきてくれてうれしかった」
「…………」
「アキとまた会えてよかった」
「…………」
　ニコッと優しく微笑む咲希に、ドクン、ドクンと心臓が鼓動を打つ。
「……咲希」
　ん？と顔をあげる咲希の唇に、そっと触れるようにキスを落とす。
　次の瞬間、ボッと咲希の顔が赤くなった。
「……な、な、急に……っ！」
「あわてすぎ」
　口をパクパクさせ、あわてる姿に小さく笑う。
「……咲希、ごめん」
「えっ？」
　いきなり謝り、顔をそらす俺を、咲希は不思議そうに見

つめていた。
「アキ？　どうしたの？」
　心配そうに顔をのぞいてくる咲希から見えないように、俺は顔を片手でおおった。
「……なんでもないよ」
　ハハッと力なく笑うけど、なぜだか泣きそうな気分だ。
　あかん、マジ泣きそう……。
　すごい幸せだと思った。
　咲希を好きだと思った。
　ずっと一緒にいたい……。
「アキ？」
「……帰ろか」
　必死で泣きそうなのをこらえ、笑って咲希の手を引き、足を進める。
「どうしたの？」
「ううん……ただ幸せやなぁ……と思って」
「……幸せ？」
「うん、幸せ。やっぱり、こっちに戻ってきて正解やったと思って」
「本当に？」
「あぁ……」
　夕焼けに染まる街に咲希といる、この一瞬が、いつまでも続けばいいのに……と思った。
　なぁ、俺の時間は、あとどれぐらい残ってる……？

「空良」
「んー？」
「咲希ってさ、俺がこっちに戻ってきた理由って知らんよな……？」
　勉強をしている空良のベッドに座り、壁にもたれかかる。
　ついさっき咲希と別れて帰ってきた俺は、おみやげにと買ってきたお菓子を渡しに空良の部屋に来ていた。
「あー……うん。どうかしたか？」
「いや、べつに……。ただ、あとどれぐらいかなぁ……と思ってさ」
「……そんなこと気にすんな」
　勉強する手を止め、うつむく俺に空良は言った。
「俺はアキが今、こうやって生きてることがうれしい。あのとき、お前があきらめなくてよかったと思ってる」
「……そやな。俺もあんときあきらめてたら、後悔してたやろうな」
　俺が死のうとしていた流星群の日。
　空良が必死になって止めてくれていなかったら、俺は今ここに、存在していなかっただろう……。
　力なく笑うと、空良は悲しそうに微笑んだ。
「……咲希にもそろそろ言わなあかんな」
　俺に残された時間がそんなにないことを……。
　俺がいなくなる覚悟を、しておいてほしいことを。
「……大丈夫か？」
「あぁ」

咲希を悲しませるだけやとわかってるけど、黙ってる方が悲しませる。
　日は完全に落ち暗闇の中、かすかに白い雪が舞っている。
　俺はふたたび外に出ると、咲希の家へ向かった。

「アキ！」
　急に俺に呼びだされた咲希は、玄関から小走りで駆けよってきた。
「どうしっ……!?　きゃっ!!」
　グイッと手をつかんで引きよせ、抱きしめた。
「アキ!?」
　当然のようにパニックになる咲希を、なにも言わずただ抱きしめる。
「……咲希」
「どうしたの？」
　ギューッと力を入れ、腕の中にいる咲希を確かめる。
「……急に呼びだしてごめん」
「ううん……」
　あれから無性に咲希に会いたくなって、咲希の家の前まで来た。
　それから、伝えないといけない大事な話をしたくて。
「なんか会いたくなって」
「さっきまで会ってたじゃん」
「……そやな」
　苦笑する咲希に、クスッと笑い返す。

「……咲希」

「ん？」

「俺さ、じつは……っ」

　そこまで言って無言になる俺を、腕の中から不思議そうな表情で見つめてくる咲希。

　じつは……。

"もうすぐいなくなるねん"

　"死"を表す言葉が、俺の決心をにぶらせる。

　その言葉が、口からなかなか出てこない。

「咲希ー？　なにしてるの？」

　突然、玄関から声が聞こえ、ビクッとしてしまう。

「お母さんだ」

　あわてて俺の腕の中から離れると、「なにも言わずに出てきちゃったんだ」と咲希は苦笑した。

「……そうか。なら、はよ戻り」

「えっ、でもなにか話があったんじゃ……」

「なんもないよ。遅くに悪かった。また明日、学校でな」

「……うん。おやすみ」

「おやすみ……」

　優しく微笑み、足早にその場を去った。

　やっぱり言えん。

　邪魔が入って、一瞬ホッとした。

「意気地なしやな……俺」

　小さな星が輝く夜空を見あげ、白い息とともにつぶやいた。

ふたりの関係

【咲希side】
　3学期が始まって2週間くらいがたった。
　最近、アキの様子がおかしい……。
　よくぼんやりしている気がするんだよね。
　今もなにか考えこんでいるのか、ずっと自分の席に座ったまま、どこか一点を見つめている。
「アキ？　どうしたの？」
「えっ？　なにもないよ？」
　ニコッといつもの笑みを浮かべるアキ。
「なにか考えごと？」
「ちゃうよ。なぁ、それよりどっか出かけへん？」
「……うん。どこ行く？」
「そやな〜……」
　そう言ってアキは楽しそうな表情を浮かべた。
　アキは今、なにを考えてるのかな……。
　たまに、すごく不安になる。

「空良」
「どうした？」
「アキって、なに考えてるのかな？」
「なにって？」
「最近、ずっとなにか考えてる気がする……」

空良と一緒に数学の課題プリントを持ってくるように先生に頼まれ、職員室へと続く廊下を歩きながら話す。
「アキの病気ってそんなにひどいの？」
「……あいつがなにか言ったの？」
「ちがうけど……。アキがなに考えて過ごしてるのか気になって」
「そんなにアキのこと気になるんだ？」
　クスッと笑い、空良は私の分のプリントをひょいっと取りあげた。
「ちょっ、プリント！」
「お前は先にアキのとこにでも戻ってろ」
　ニヤッとからかうような表情を浮かべ、空良はさっさと職員室へと歩いていった。
「……なんか、ごまかされたような気がするんだけど」
　ひとり廊下に残され、空良の背中につぶやいた。

　放課後になり、もうすぐテスト期間になるから勉強でもしようと、アキとふたりで図書室に寄ることになった。
　教科書や問題集を机の上に広げる。
　図書室はしーんと静まり返っていて、教科書をめくる音やシャーペンの音など、少しの物音でも響く。
「アキ」
「んー？」
　パラパラ〜と辞書をめくりながら、視線を辞書に向けたまま返事をするアキ。

「勉強、好きだね」
「んー」
　集中しているのか、返事が適当に感じる。
　まぁ、テスト勉強をするために図書室にいるんだから、当たり前なんだけどさ。
「どうした？　わからんとこでもあんのか？」
「……べつに」
　そこでようやく顔を私に向け、姿勢を正したアキ。
「そうか。あっ、ここまちがってんで」
「えっ!?　嘘!?」
「嘘ちゃうって。ほら、ここは……」
　そう言って、英語の勉強をしている手を止めて、数学の勉強をする私に、まちがいを訂正する。
　アキって意外と勉強できるんだよね……。
「……で、こうなるわけやん」
「あ〜、なるほど」
　丁寧に解説され、こくこくと首を縦に振る。
「咲希って数学苦手？」
「……うん。あんまり得意じゃないかも」
　ハハッ……と苦笑する。
「なにが得意なん？」
「んー……古典かな。アキも古典とか得意だよね？」
　よく本を読んでるし、古典とか現代文とか得意そう。
「そやなー。得意ってほどではないけど、好きやな。まぁ、咲希の数学よりはできるかもな」

そう言ってアキは、おちょくるように笑った。
「失礼だよ！　アキが思ってるよりは数学できるよ！　たぶん……」
　ちょっと自信がなく、小声になる。
　そんな私を見て、アキは優しく微笑んだ。
　ふたたび私の数学の問題集に目を移すアキ。
「空良に教えてもらったことないん？」
「空良に？」
「あいつの説明、めっちゃわかりやすいよ」
「アキは家で空良に教えてもらってるの？」
「ちゃうよ。昔、病い……っ、いや、そう、家で」
　あきらかにごまかしたようなアキの言葉。
　今、"病院"って言いかけたよね？
　アキと空良は、アキが引っこしたあとも、ずっと繋がってたの……？
「……アキって、空良とどういう関係なの？」
「はっ？」
　なんや急に……とキョトンとしながら間抜けな声を出すアキ。
「仲いいでしょ？　私の知らないこともお互いわかり合ってるし……」
「……なんや、ヤキモチか？」
　ハハッと笑いだすアキ。
　いや、そうじゃなくて！
「俺と空良が仲いいからって、咲希が心配するような関係

じゃないよ」
　クスクスと笑い、アキはふたたび勉強しはじめた。
　ちがうよ、そうじゃない！
「……なんで？」
「えっ？」
「どうしてアキも空良も、いつもごまかすの？」
「…………」
「どうして肝心なことは、なにも教えてくれないの？」
「…………」
「私じゃ、アキの力になれない？」
　私は……。
　私はアキの彼女じゃないの……？
「……そんなこと」
　チラッと図書室にいる生徒に視線をやり、困ったように返事してくる。
「もういいよ！　アキも空良も、秘密ばっかり……」
　私だって、アキのこともっと知りたいのに。
「泣くなよ……」
　涙を流す私を見て、困惑の表情を浮かべるアキ。
「……帰る」
　図書室で泣きさわぐわけにはいかない。
　急いで勉強道具を片づけ、引きとめるアキを無視して図書室をあとにした。
　ムカつく……っ！
　私はいったい、なんなのよ！

ずんずんと足を下駄箱に向かわせ、渡り廊下を歩いていると、うしろから声が聞こえてきた。
「……っ、咲希！」
　名前を呼ばれ、無意識に振り返ってしまった。
「待てや！」
　はぁ、はぁ……と息を切らし、呼吸を整えるアキ。
「……バカ。なに追いかけてきてんのさ」
　そう言いながらも、必死で追いかけてきてくれたことが少しうれしく感じる。
　もちろん、走ってきたわけじゃないだろうけど。
「疲れた……」
　ハハッ……と力なく笑うと、アキはその場にしゃがみこんだ。
「大丈夫……？」
「……あぁ」
　そう言いながらも、アキの表情はだんだんと苦しさを増していく。
「もしかして……走ったの？」
「まさか……」
　小さく笑うけど、その表情が不安をあおる。
「……ごめん、先生呼んで」

　　　　　　　＊　＊　＊

「咲希!!」

「空良っ……!」

息を切らし、走りよってくる空良。

図書室から私を追いかけてきたアキは、そのまま倒れてしまった。

パニックになっている私を見た近くにいた生徒たちが、あわてて職員室にいる先生を呼びにいってくれた。

そのあと、先生が救急車を呼んで、アキは病院に運ばれた。

私も急いで病院に向かうと、すぐに空良に連絡をした。

「どうしよ、アキが……っ」

空良の腕を握りしめ、ぶぁ……っとあふれてくる涙をこらえる。

救急車で運ばれたアキは、危険な状態が続いていて、さっきから忙しなく先生たちが動きまわっている。

「大丈夫だから、泣くなって」

「っ、でも……私のせいだよ! 私が怒ったりしたから。アキを危険な状態に追いこむよう、仕向けちゃったんだよ……っ、どうしよ……っ」

「咲希は悪くないよ。だから落ちつけ」

そう言って空良は、優しく私を抱きしめてくれた。

どれくらいたったのか、遠くからこっちに駆けよってくる足音が響いてきた。

誰か来た……。

パッと足音のする方へ視線を向けると、あわてた様子の男女ふたりがこっちに気がついた。

「空良くん!!」
　そう叫ぶと、男性は空良の両肩をつかんだ。
「太陽は!?」
「……まだ、なんとも」
　口ごもる空良に、悲痛な表情を浮かべる。
「……もしかして、咲希ちゃん?」
「えっ?　あ、はい……」
　空良の隣にいる私に気づき、男性のメガネの奥の表情が少しわらいだ。
「太陽の父です。昔会ったことがあるんだけど、覚えてるかな?」
　……アキのお父さん?
「えっ、あ、はい!」
　なつかしい、見覚えのある顔だった。
「太陽がいつも世話になって、すまない」
「そんなことっ……」
「どうして太陽はこんなことになったの……?　咲希ちゃんは知ってる?」
　ずっと黙ったままだった母親らしき女性が、つぶやくように口を開いた。
　10年ぶりに見たアキの両親は、かすかにしか覚えていなかったけど、どことなくアキに似ていてなつかしさを感じさせた。
「……っ、ごめんなさい!!　私のせいなんです!」
　頭をさげて謝ると、静かに声がかけられた。

「……咲希ちゃんのせい？　どういうこと？」
「あの、私が……太陽くんを走らせたから……」
　すると、それまで泣いていたアキのお母さんの表情が、コロッと豹変した。
「なに考えてるの!?　あの子が走ったらダメだって、知ってるでしょ!?」
　バッと両腕をつかまれ、詰めよられる。
「ごめんなさい……っ」
「やめなさい！　咲希ちゃんのせいじゃない！」
「もし……もし太陽になにかあったら、どうするの!?」
「ごめんなさい……ごめんなさい！」
　ただ謝るしかできない私に、アキのお父さんは「申し訳ない」と謝り、泣き叫ぶアキのお母さんを引き離した。
「落ちつきなさい」
「でもっ！　あなたは太陽になにかあってもいいの!?」
「そんなこと言ってないだろ!?」
「太陽がこんなことになるなら、やっぱり転校なんかさせるんじゃなかったわ！」
「おばさん！　それはっ……」
　空良が言葉を発する。
　けれど、途中でさえぎるようにアキのお母さんは私をキッとにらみつけ、話を続ける。
「なにもかも、あなたのせいよ！　前回も今回も、あなたのせいで太陽は無茶したのよ！」
「おばさん!!」

「いいかげんにしないか!!」
　怒鳴るアキのお父さんに、おばさんは口を閉じた。
「あぁ～、太陽～……」
　泣きくずれるアキのお母さんを支えながら、アキのお父さんは別の場所へと移動した。
　ふたたび静まり返る病院の廊下に、空良とふたり残される。
　アキの両親がいなくなり、心臓がドクドクと激しく鳴っていることに気がついた。
　私は取り返しのつかないことをしたんだ……。
　全身に嫌な汗が流れているように感じ、力強く手を握りしめる。
「…………」
「……大丈夫か？」
　放心状態の私の顔を心配そうにうかがってくる。
　コクンと力なくうなずくと、空良は私を引きよせ抱きしめた。
「そ……ら……？」
「咲希はなにも悪くないから」
　そう言って抱きしめる腕に力を入れた。
　アキのお母さんにつかまれた腕が、胸がジンジン痛む。
　ねぇ、空良……。
　私はアキのそばにいたらダメなのかな……？

　サァー……と降り続ける雨の音が、病院内に静かに響く。
　あれからどれくらいたったのか、いまだにアキは意識が

戻らない。
　私はアキの病室の前から動けずに、廊下にうずくまるように座っていた。
　隣には、私の様子をうかがうように空良が立っている。
「……咲希ちゃん」
　突然、名前を呼ばれ、声のした方へ顔を向ける。
「さっきは、みっともない姿を見せてしまって申し訳ない」
　そう言って頭をさげて謝るのは、アキのお父さん。
「私の方こそ、ごめんなさい……。頭をあげてください」
「あぁ……そうだね」
　優しく微笑む姿はアキに似ていた。
　それから病院のロビーに場所を移し、ソファに腰をおろした。
「空良くんからアキとのことは聞いてるよ」
「えっ？」
　近くにいる空良にチラッと視線を移すと、小さく微笑んだ。
「付き合ってるらしいね」
「えっ、あ、はい……」
　まさか、おじさんに知られているとは思わず、返事に困ってしまう。
「アハハッ。そんなに緊張しなくてもいいよ」
　固まる私に、優しく笑いかけてくれる。
　いいお父さんだな……。
　アキが優しいのは、お父さんに似たのかもしれない。
「太陽や空良くんからどれだけ聞いてるか知らないが、太

陽の状態は決していいとは言えない」
「……はい」
「引っこしたのも、あいつの病気を治すためだった」
「……はい」
「ずっと入退院を繰り返していて、全然学校にも行けなかったんだ」
「…………」
　そうなんだ……。
　そんなに悪いなんて知らなかった……。
　思わずお父さんから顔を背け、うつむく。
「だから友達もできなくてね。たまに遊びにきてくれる空良くんだけが、あの子の友達だった」
「…………」
　ポツリ、ポツリと静かな口調で語られる、今まで知らなかったアキのこと。
　私、本当にアキのことなにも知らなかった。
　昔のことも、なにも覚えてなかった。
　そんな自分がはずかしくて情けなく感じた。
「手術しても、心臓移植しても、そんなに長生きできないと医者から言われていてね。それをずっと、あの子には隠し続けていたんだ」
「…………」
　手術をしても治らない……？
　どういうこと？
「生きるのをあきらめてほしくなくてね。でも……あの子

はそれを知ってたんだよ」
「……えっ？」
　アキは自分の命が長くないことを、知ってた……？
　驚きを隠せない私に、お父さんは話を続ける。
「だから、今回の転校の件も許した。あの子がしたいことをさせてあげたくてね」
「…………」
　アキのしたいこと……。
　だからあのとき……デートしたときに、私にしたいことや将来の在り方を聞いてきたの？
「私は、太陽を転校させてよかったと思ってる。母さんは今でも大反対してるけどね」
　そう言ってクスッと苦笑した。
「どうしてそう思うんですか？」
「笑顔が増えたからだよ。転校して、空良くんや咲希ちゃんと一緒に過ごすまでは、生きる気力があの子には見えなかった」
「…………」
「無茶して倒れるのは心配だが、なにもかもあきらめていたあの子が、なにかに必死になって生きてくれてるのが、私はうれしい」
「…………」
　アキは今、必死に生きようとしているんだ。
　アキに残された時間は短い……。
　そんな限られた時間の中で、私はアキになにができてた？

「だから、咲希ちゃんにはあの子のそばにいてもらいたい」
「でも……私といたら太陽くんは無理しちゃう」
「太陽にはそれぐらいでいいんだよ。生きてる、生きたい、そう思って毎日を過ごしてほしいんだ」
「…………」
　そう言って、おじさんは優しく微笑んだ。
　私、アキのそばにいてもいいの……?
　アキの、アキを大事に想ってる人の迷惑にならない?
　私はアキの、生きる希望になれてる……?

別れ

【咲希side】
「空良……私どうしたらいいのかな？」

次の日の休み時間、教室で空良に話しかける。

「アキのそばにいたいのに、我慢する必要はないんじゃない？」

「……それでいいのかな？」

昨日の出来事を思い返す。

結局、アキが昨日、目覚めることはなかった。

おばさんに反対されたのに、そばにいていいのかな？

アキはこんな状態になっても、私といたいと思ってくれてるのかな？

だんだんと自信がなくなっていく。

「アキは……」
「立石、また救急車で運ばれたんだって!?」

空良の言葉をさえぎるように、クラスの男子ふたりが話に割りこんできた。

「あぁ」
「マジ!?　大丈夫かよ、あいつ」
「意識が戻ってないってヤバくね〜？」

おもしろそうに尋ねてくる男子に、空良の眉がピクッと動く。

「あいつ、前も倒れてたじゃん！　やっぱりどっか悪いん

だろ?」
「このまま意識戻んなかったりして」
　ケラケラ～と笑いながら話す男子。
　その姿に私はぶちっとキレ、隣で同じく怒っていた空良がイスから立ちあがろうとするより早く、体が動いていた。
　次の瞬間、教室中にどよめきが起こった。
「っ痛～……」
「お前っ、なにしてんだよ!?」
　右頬を押さえる男子と、びっくりした表情を浮かべる男子。
　私の右の手のひらは、ジンジンと赤く痛んでいた。
　生まれてはじめて、人をたたいた。
「……最っ低」
　必死で涙があふれ出すのをこらえ、男子をにらみつける。
「アキが……アキががんばってるときにそんなこと言うなんて、最低だよ！」
　がんばって生きようと闘ってるのに……。
　それをおもしろそうに盛りあがるなんて……。
「冗談でも言わないで！」
「……悪い」
　気まずそうに謝る男子と、静まり返る教室。
「咲希、行こう」
　ハァハァ……と呼吸を整える私の手を空良が引っぱり、教室を出た。
「……すごいことしちゃった」
「いいじゃん、あれぐらい。咲希がひっぱたかなかったら、

俺があいつら殴ってたし」
　冗談っぽい口調で話すけど、表情は真剣だ。
　空良も相当、頭にきてたんだ……。
「ねぇ、どこ行くの？」
　手を引かれながら空良のあとをついてきたけど、もうすぐチャイムが鳴るのに。
　どこに向かって歩いてるんだろ……。
「屋上」
「屋上？」
「うん……。思いっきり泣いていいよ」
「……っ！」
　ニコッと優しく微笑む空良の表情に、胸がキューと締めつけられた感覚になる。
「……屋上まで我慢できないかも」
「それは困ったな」
　ハハッと泣きだす私の頭を、優しく笑いながらなでた。
　空良、いつもありがとう……。

　アキの意識が戻ったのは、それから数日後だった。
　学校が終わり家にいた私は、空良からの連絡で病院に駆けつけた。
　そんな私を待っていたのは、興奮しているアキのお母さんだった。
「太陽と別れてちょうだい！」
　病院の廊下で突然放たれた言葉に、心臓がバクバクと騒

ぎだす。
　私がアキのそばにいたら、アキが無茶をするのはわかっている。
　でも……別れないといけないの？
　そんなに私は、アキといたらダメなのかな？
「えっと、あの……どうして……ですか？」
　おそるおそる問う私に、おばさんはさらに声を荒らげる。
「わからないの!?　あの子が私たちのところに戻ってこないのは、あなたのせいよ！」
「……戻るって？」
「無茶して倒れることがあったら家に戻るって約束だったのよ！　それなのに、あなたと離れたくないからって……」
　悔しそうに涙を流すアキのお母さん。
　そんな約束してたんだ……。
　前回も今回も、私のせいで無茶させて倒れているのに、アキは戻らないでここにいることを選んでくれてたんだ……。
　私と一緒にいたいと思ってくれてるんだと、うれしくなった。
　でも、今回ばかりは……。
「…………」
　アキはいなくなっちゃう？
　アキの体のことを考えたら、実家に戻った方がいいのかもしれない。
　だけど……私だってアキと離れたくないよ。
　でも、おばさんだって、誰よりもアキと離れたくないよ

ね……?
「お願いだから、太陽に無茶させないで……」
　肩を震わせて泣くおばさんを見つめる。
「……私もアキ……太陽くんとは離れたくありません」
「……っ!　なに言って……」
　信じられない、とでも言いたげな表情を浮かべるおばさん。
「でも……太陽くんが私といて無茶ばかりするなら……」
　無茶ばかりするなら……。
　黙りこむ私を、すがるような目つきで見つめるおばさん。
　ごめんね、アキ……。
「……別れます」
　私の思いもよらぬ言葉に驚いたのか、おばさんは「……えっ?」と、一瞬キョトンとした。
　アキが無理をすれば、悲しむ人はおばさんだけじゃない。
　おじさんも、空良も、高良くんも……。
　それに、私も……。
　私が自分勝手な行動をすれば、たくさんの人が悲しむんだ。
　でも……。
「そのかわり、太陽くんはここに残ったらダメですか……?」
「……交換条件のつもり?」
　"別れる"って言葉を聞いて安心したのか、おばさんは冷静になりはじめた。
「そういうわけじゃないです。でも、太陽くんがここにいたいって望むなら、叶えてあげたいんです。私といて無茶をするなら、幼なじみに戻ります。私はただ、太陽くんが

生きたいって思えるように……協力したいんです」
　あのとき、病院で聞いたおじさんの言葉が頭の中で繰り返される。
『笑顔が増えたからだよ』
『生きてる、生きたい、そう思って毎日を過ごしてほしいんだ』
　少しでも、私がアキを笑顔にできたんだ、生きたいと思わせることができたんだって思いたい。
　おばさんは、「わかったわ……。でも次、同じことがあったら、太陽には戻ってきてもらいます」と言った。

「太陽と会わないのか？」
「うん……。会っても、どんな顔したらいいかわかんないし」
　病院の廊下で空良に会い、おばさんとの出来事を話した。
　空良は複雑な表情を浮かべながらも、なにも聞いてこなかった。
「……アキにはテスト期間でお見舞い行けないって言ってもらえる？」
　今はちょうど期末テストの期間で、アキに会わない口実にはちょうどよかった。
「……あぁ」
「心の準備もしたいし、ね……」
　少しうつむき、小さく微笑みながら言う。
「無理して笑う必要ないよ」
　ポンと頭に手を乗せると、優しくなでてくる。

「……空良は本当、優しいなぁ……っ……」

頬を伝う涙を隠すようにうつむく。

「咲希は大事な幼なじみだからな。というか、俺が優しいって気づくの遅ぇし」

ポンポンと優しくなでながら、空良はやわらかい表情を浮かべた。

私はズルイ。

おばさんにあんなことを言いながらも、本当は離れたくないだけなんだ。

アキが、周りが苦しむってわかってても、どんな形でもいいからアキのそばにいたいんだ……。

幼なじみという関係を利用して、そばにいようとする最低なヤツなんだ。

ごめんね、アキ……。

大好きだったよ。

Chapter 7

無力

【太陽side】

目覚めると、俺はやっぱりベッドの上に呼吸器やら、機械を付けられ寝ていた。

また、かよ……。

自分にあきれ、ため息が漏れる。

図書室から出ていった咲希を追いかけるのに、俺は後先考えずに走ってしまっていた。

その結果がこれだ。

病室を見まわすが、誰もいない。

「…………」

規則的な機械の音しか響いていない病室。

俺以外、誰も存在してないのではないかという、ヘンな錯覚に陥りそうになる。

そのとき、現実に引き戻すかのようにガラッと病室の扉が開いた。

「……空、良？」

「……っ!! 意識戻ったのか!?」

チラッと視線だけ扉の方に向けると、空良があわてたようにベッドに近よってきた。

「よかった……」

はぁ～と、心底安心したようにため息をついた。

「……咲希は？」

「咲希の心配かよ……」

あきれぎみに空良は苦笑し、「それより、高良くん呼んでくる」と病室を出ていってしまった。

「……来てへんのか」

はぁ～……と天井を仰ぎ、ため息をつく。

また泣かせてしまったんやろうか……。

脳裏に咲希の泣き顔が浮かぶ。

俺は咲希に心配かけて、泣かせてばっかりやな……。

それから高良くんに診察と説教をされ、3日間も意識が戻らなかったことを教えられた。

ものすごく心配させたんだと反省した。

そして、両親……。

「どうして心配かけることばかりするの!?」

「ごめん……」

俺がまた倒れたと聞いて、両親は急いで病院まで駆けつけてくれていた。

「太陽が自由にしたいのなら、それでもかまわない。でも、約束……したよね？」

「……あぁ」

「今度、今回のようなことがあったらどうするか」

「…………」

「太陽。お母さんたちのお願いも聞いて？　ね？」

目を腫らし、懇願するかのような母親の姿に、なにも言い返すことができなかった。

こっちに来る前に、転校する交換条件としてした、両親との約束。
　無茶をして倒れるようなことがあれば、すぐに実家に戻ること。
　約束をしたときは、俺もそれで納得していた。
　少しでも空良と楽しい普通の学校生活を送ることができたら、それでいいと思っていたから。
　でも、今は。
　そんな約束なんて……。
「……ごめん。守れへん」
「……なに言ってるの？」
「俺、こっちにいたいねん」
　咲希と離れたくない。
　咲希ともっと一緒にいたい。
　やっと生きている楽しさを知った。
　だから……。
　まだここを離れることはできひん。
　意味がわからない、と言いたげな母親の目を、真剣な眼差しで見つめ返した。
　母さん、ごめん……。
　母さんたちを悲しませるのはわかってる。
　でも、見つけてしまってん。
　残された時間を、誰とどう過ごしていきたいのか。
　だから、俺の最後のワガママを許してほしい……。
「ごめん……」

謝る俺に母さんは涙を流した。
父さんは辛そうな表情を浮かべ、「そうか……」と優しく微笑んだ。

【空良side】
「空良……」
「んー?」
パラパラ～と英語の教科書をめくりながら、視線はそのままでアキに返事をする。
「咲希は?」
「……テスト期間中だから、終わったら来るって言ってるだろ」
何度も同じことを聞くな……とため息をつく。
アキが倒れてから1週間がたった。
アキはいまだに入院していて、テストも受けられていない。
俺は放課後、毎日見舞いにやってきて、面会時間が終わるギリギリまで、病室で勉強や読書をして帰る。
「空良……」
「んー?」
ふたたび英語の教科書に目を通す俺に、声をかけてくるアキ。
「なんで来ぉへんのかな」
「……咲希?」
「メールしても電話しても、返事がないねん……」
「…………」

「なんでやと思う？」

 そう言ってアキは力なく見つめてくる。

 俺はどう返事をしていいか、どういう表情をしていいか迷ってしまい「……テスト勉強に集中したいんだろ」と苦笑するしかなかった。

「……そっか」

 そんな俺にアキも力なく笑い返した。

 それから俺は、面会時間が過ぎる前に病院をあとにした。

 ひとり残されたアキがどんな思いでいるのか、少し心配だったが、俺がふたりの問題に勝手に口を挟むのはよくない。

 そう思い、黙っているしかなかった。

 アキも咲希も、役に立たない幼なじみでごめんな……。

* * *

「咲希……」

「…………」

「大丈夫か？」

 自分の席に座り、遠くを見つめている咲希に声をかける。

「……アキは？」

「あいつは大丈夫だよ」

「そっか……。よかった」

 そう言ってさびしそうに微笑んだ。

 テスト期間が終わり、みんながいなくなった教室で咲希とふたりきりで話す。

窓の外のグラウンドからは、各部活のかけ声が響いている。
「……アキからね、毎日メールと電話が来るの」
「うん」
「"大丈夫やから心配すんな"とか、"なんで来ぉへんねん"とか……」
「……うん」
　うっすらと目に涙を浮かべる咲希を見つめる。
「……"会いたい"って」
「……うん」
「でも私は、アキと会えない」
　そう言って泣くのをこらえる咲希に、かける言葉が思いつかなかった。
　おばさんと咲希の間にあったことを知らないアキ。
　アキの会いたい、咲希とこれから一緒にいたいって気持ちもわかるし、幼なじみに戻ってでもアキと一緒にいたいっていう、咲希の気持ちもわかる。
　ふたりとも、一緒にいたいって気持ちは同じなのに、どうしてそれがちがう形でしか叶わないんだろうか……。
「…………」
「…………」
　夕日が差す教室に沈黙が続く。
「……アキにはもう会わないのか？」
「……会うよ。会ってちゃんとお別れしなきゃ」
　流れそうな涙を手で拭い、キリッと表情を整える咲希。
「……いいのか？　本当にそれで」

「みんなが苦しむより、ずっといいよ」
「……なんでお前らは、そうなんだろうな」
「えっ?」
　なにが? と首を傾げる咲希に、小さく首を振った。
　お前らふたりは似てるよ。
　意地っぱりなところも、素直じゃないところも、お互いを想いすぎて我慢するところも……。
「空良、アキにはおばさんとのこと言わないでね」
　力なく笑う咲希に、「……あぁ」としか返せなかった。
　俺はふたりのために、なにもできないんだろうか……?
　見てるだけしかできない自分が情けなかった。

「なぁ、アキ」
「なに?」
　病室で暇そうに雑誌に目を通すアキに問いかける。
　あのあと、咲希と一緒に病院に来た。
　咲希はまだ別れを告げる覚悟が持てないと言い、とりあえず俺だけ病室に入った。
「両親との約束、どうなった?」
「……守らへんよ。母さんを悲しませるのはわかってるけど、咲希と離れたないし」
「そっか……」
　真剣な表情で言うアキに、胸が苦しくなる。
「それより咲希は? テスト期間、もう終わったやろ?」
「……来るよ」

「いつ!?」
　パァッと目を輝かせ、俺の方に視線を向けるアキ。
　そんなうれしそうな表情をされると、胸が苦しくなる。
　お願いだから、そんな表情をしないでくれ……。
「今、呼ぼうか？」
「えっ？」
「咲希、入ってこい」
　キョトンとするアキを尻目に、病室の扉の方に目をやる。
　ガラガラ……と控えめな音を立てて扉が開いた。
「……じゃあ、俺は帰るな」
　咲希とアキにチラッと視線を向け、そう一言残して病室をあとにした。
　俺はべつに今日、別れを告げなくてもいいと思った。
　でも咲希は、いつまでも先のばしにしていたら、アキにも自分のためにもよくないからと、テスト期間が終わった今日、別れを告げる決心をした。
　これから起こる出来事が心配でたまらない。

弱虫

【咲希side】
「……久しぶり」
「あぁ……」
　空良が出ていき、病室にはアキとふたりきりになる。
　なんだかぎこちない空気が漂う。
　ベッドにいるアキに少しずつ近づくと、ベッドの横にある丸イスに腰をおろした。
「ごめんね……。連絡できなくて」
「テスト期間やったからやろ？」
「……うん」
「テスト、できたか？」
「うん……たぶん」
　ハハッ……と小さく笑いを浮かべるけど、なんだかぎこちない。
「そうか」
「…………」
「…………」
　なかなか次の会話が浮かんでこない。
　いつもどおりに話せなくて、沈黙が続く。
「……咲希」
「きゃっ!!」
　名前を呼ばれた瞬間、アキに腕を引っぱられ、気づけば

アキの腕の中にいた。
「アキ!?」
「……かった」
「えっ?」
　ボソッと耳もとでつぶやかれた小さな声が聞きとれず、なに? ともう一度尋ねる。
「会いたかった」
　そう言って、私を抱きしめる腕の力をギューッと強めるアキ。
　心臓がドキドキ鳴る……。
　アキに抱きしめられたからなのか、アキの素直な気持ちが聞けたからなのか。
　それとも、これからアキに伝える言葉があるからなのかはわからないけど、心臓はドクドクと鼓動を速める。
　アキ、私も会いたかったよ。
　だから、アキに会いたかったって言われて、すごくうれしい。
　アキが私と離れたくないって思ってくれてて、うれしかった。
　私もアキと離れたくないよ。
　もっと、アキのそばで一緒に過ごしたい。
　もっと、アキと一緒にいろんなことをしたい。
　もっと、もっと……って欲ばりになる。
　アキと過ごせる時間は無限にあると思っていた。
　でもね、ちがってたみたい。

アキ、私たちが一緒にいるにはね、これしか方法がないんだよ……。
　一度深く深呼吸をすると、私は口を開いた。
「……アキ、話があるの」
「なに？」
　抱きしめたまま返事をするアキ。
「……あのね、私」
「うん」
「私、アキと……」
　次の言葉を言うのがためらわれる。
　……言わないと。
　アキのために、言わないと。
　そう自分に言い聞かせ、言葉を続ける。
「アキと別れたい」
「……はっ？」
　私を解放したアキは、どういうこと？と驚いた表情を浮かべていた。
　久しぶりに会って、突然こんなことを言われたら、驚くよね……。
「ハッ、なんやねんいきなり。冗談言ってんな」
「冗談じゃないよ」
「じゃあ、なんやねん!?」
　怒鳴るような言い方に、ビクッとしてしまう。
　でも、言わなきゃ……。
「本気だよ！　アキと別れたいって言ってるの」

「意味わからん……」
　はぁ〜とため息をつき、不機嫌な顔になるアキ。
「アキは秘密ばっかじゃん。なにを聞いても、なにも教えてくれない」
「それは……っ」
「もう疲れたの。アキの病気にびくびくするのも、アキと空良の関係を気にするのも」
「はっ?」
「アキ、私じゃアキの力になれない」
　ごめんね、アキ……。
　本当はこんなこと言いたくないんだよ?
　でも、アキと一緒にいられるなら、私は嘘つきになる。
「なんやねん、力になれへんって。だいたい、お前が……咲希が言うたんやん」
「…………」
「咲希が……俺のこと幸せにするって」
　声を荒らげ、アキは続ける。
「あのときのあの言葉は、嘘やったんか?　俺のこと好きやって言ってくれたんも、あのとき流した涙も、全部嘘やったんか?　あのとき、俺がどんな気持ちでお前の気持ちに応えたか、わかってる……?」
「…………」
　なにも答えない私に、アキは視線をそらし、うつむいた。
「……意味わからんわ」
　あきれたようにため息をつくアキに、言葉が詰まる。

「……ごめん。私じゃアキを幸せになんかできない」
　その言葉に、アキはふたたび勢いよく視線を向けた。
「なんでやねん!?　いつ俺が幸せちゃうって言った!?」
「……アキ、……ごめん」
　ごめんね、アキ。
　別れを告げているのは私なんだからと、涙があふれこぼれそうになるのを必死でこらえる。
「……ホンマに本気なんか?」
「うん……」
「幸せやって思ってたんは、俺だけやったんか?」
　だんだんと暗くなっていくアキの表情。
　辛そうな表情を浮かべるアキに、なにも言えなかった。
　言えばきっと、決心が揺らいじゃうから……。
「…………」
「咲希……悪いけどひとりにさせて」
「……うん」
　私と視線を合わせることなく言い放たれたアキの言葉を最後に、私は静かに病室をあとにした。
　病室を出た瞬間、こらえていた涙が次から次へとあふれ出す。
　拭ってもとめどなく流れる涙を隠すように、顔を埋めるように、その場にしゃがみこんだ。
「……がんばったな」
　そう言って頭をポンポンと優しくたたくと、空良は私の隣に同じようにしゃがみこんだ。

待っててくれたんだ。
空良の優しさに、さらに涙があふれる。
「……っう～……っ」
　ちがうよ、アキ……。
　ちがう……。
　本当は、本気なんかじゃないよ。
　私だって、アキといられて幸せだったよ。
　これからもっともっと、ふたりで思い出を作りたかった。
　ずっとそばで笑っていたかった。
　アキを幸せにしたかった。
　でも……私がアキといたら、周りを不幸にさせちゃう。
　それでもいいって思えるほど、私は強くない。
　アキ……ごめんね。
　弱虫な私を許して……。

幼なじみ

【太陽side】
「明日から学校行けるな」
「あぁ……」
「試験勉強したか?」
「あぁ……」

心配そうにいろいろと話しかけてくる空良。

退院して数日がたった。

病状はそんなによくないが、無理をしなければいいと、学校に通う許可をもらった。

おそらく高良くんも、なるべく俺に学校生活を送らせたいんだろう。

母さんは約束を守らない俺に不満そうな感じだったが、父さんがこっちに残れるよう説得してくれた。

そして明日から登校できるようになり、学校が特別に試験を受けさせてくれることになった。

「心配せんでもテストはできるって」

あきれたように笑い返すと、空良は複雑な表情を浮かべ、口を開いた。

「……会えるか? 咲希に」
「……あぁ、たぶん」

ホンマは、平気な顔して咲希と会うなんて無理や。

でも……あいつを苦しめたない。

あいつから別れたいって言われるってことは、やっぱり離れた方がいいってことなんかもしれん……。
　それでも……。
「俺が幸せなら、咲希も幸せやって思ってたんやけどな……」
　そう思う俺はバカなんだろうか。
「……幸せだったに決まってんだろ」
「そやったらいいけどな」
　苦しそうな表情を浮かべる空良に、力なく微笑んだ。

　次の日。
　あかん！
　緊張してきた！
　いざ登校してきたら、教室に入る勇気がなくなってきた。
　咲希とどんな顔して会えばいいねん!?
「アキ、おはよう」
　頭を悩ませていると、背後から突然声をかけられ、ドッキーンと心臓が飛びはねる。
「……あ、あぁ。おはよ……」
　どんな顔をして会えばいいか悩んでいた咲希本人に急に声をかけられ、びっくりしてしまう。
「教室、入らないの？」
「……入るよ」
　心臓が激しくドキドキ鳴る俺に対して、いたって冷静そうな咲希は先に教室に入っていった。
　なんやねん!?

あの今までと同じような態度は!?
　びっくりしたまま突っ立っていると、苦笑しながら空良がうしろから声をかけてきた。
「普通だな」
「びっくりした……」
「まぁ、いいじゃん？　気まずくない方が」
「そやけど……」
　まさか、あんなに普通やとは思わんかった……。
　意識してたんは俺だけやったんか？
「教室、入らないのか？」
「えっ、あ、入るよ……」
　さっさと教室に入っていく空良に、あわててついていく。
　咲希は相原さんと話していて、いつもと変わらない様子。
　緊張してたんは俺だけなんか？と思いながら、自分の席に着く。
「……アキ、昼休みちょっといいかな？」
「えっ!?　あ、あぁ」
　ふたたびドッキーンとしながら、声をかけてきた咲希に返事をする。
　昼休みって、なんか話でもあるんやろうか。
　それより、隣の席ってキツイな……。

　4時間目は体育で、俺は見学はせずにまっすぐ保健室に向かっていた。
「咲希とはどんな感じ？」

体育館に向かう空良と、保健室まで一緒に向かう。
「どんなんもないよ。今までと全然同じ」
「そう……」
「緊張してた俺は、なんやってんって感じやし」
「……たしかにな」
　ハハッと苦笑しながら空良は言葉を続ける。
「それよりさ、アキはもっと落ちこむかと思ってたけどな」
「……咲希が別れたいって思ってんなら、別れるのがあいつにとっても一番やと思って……。結局、俺はあいつを泣かせることしかできんかった。それに、本当のこと、なにも言えへんかったしな」
「…………」
「はじめからこうなるって決まってたんや。少しだけど楽しい思い出が作れただけでも幸せやと思うわ」
　ニコッと笑うと、空良は複雑な表情を浮かべた。
「アキ……」
「じゃあ、俺はここやから」
　目の前の保健室を指さし、悲しそうな表情を浮かべる空良から逃れるように、急いで中へと足を踏みいれた。
「……ベッド借ります」
　つぶやくようにふくちゃんに一言言い、ベッドに寝転ぶ。
　ふくちゃんは心配そうにチラッと俺を見ると、なにも言わずカーテンを閉めた。
「……別れたないよ、咲希」
　そんな俺の嘆きが漏れないように、布団を頭までかぶった。

そのまま眠ってしまい、気づけば昼休みになっていた。
　教室に戻ると、俺を待っていた咲希に呼ばれ、廊下の隅っこに移動した。
「話って？」
「あのね、私たち、前みたいな関係に戻れないかな？」
「……どういうこと？」
　咲希の言っている意味がわからなくて聞き返す。
「だから、その……。幼なじみに戻れないかな？」
　言いにくそうに言う咲希を見つめ返す。
　幼なじみに……？
　戻る？
　なんで？
　もう俺のこと好きじゃなくなったんか？
　それとも、やっぱり俺のことは幼なじみとしか見られへんのか？
　咲希に不満を言いそうになるが、咲希を責めたってなにも変わらない。
　咲希を想うなら、咲希が望むことを受け入れた方がいいに決まっている。
「……ええよ」
「本当!?」
　つぶやくように言う俺とは反対に、咲希はうれしそうに微笑んだ。
　なんやねん、その笑顔。
　そんなに幼なじみって関係がよかったんかよ……。

そう思うと、少し腹が立った。
意地悪を言いたくなった。
「……やっぱり嫌って言ったら？」
「えっ？」
「幼なじみになんか戻りたない。咲希と別れたないって言ったら？」
「…………」
困惑した表情を浮かべ、今にも泣きだしそうな咲希。
そんな表情させたいわけじゃない……。
「冗談やって……。心配すんな」
頭をポンポンと優しく触ると、小さく笑みを浮かべ、先に教室へと戻った。
本当は別れたくないよ。
でも、本心を言えば咲希を困らせることになる。
俺は咲希が笑顔でいてくれたらいい……そう自分に言い聞かせるしかなかった。

次の時間、咲希が教室に戻ってくることはなかった。

守れなかった約束

【咲希side】
　昼休み、ドキドキしながらアキを呼びだした。
「話って?」
　なんのためらいもなく話を切りだしてくるアキに、ひとつ深呼吸をしてから口を開く。
「あのね、私たち、前みたいな関係に戻れないかな?」
「……どういうこと?」
「だから、その……。幼なじみに戻れないかな?」
　自分勝手なお願いをしているのはわかってる。
　でも、どんな形でもいいからアキのそばにいたいんだ。
　考えたあげく、私は幼なじみに戻るという選択をした。
「……えぇよ」
「本当!?」
　まさかの返事にびっくりしてアキを見つめ返す。
　絶対に「無理」って言われると思っていたから。
　安心した表情を浮かべたとたん、アキはボソッと言った。
「……やっぱり嫌って言ったら?」
「えっ?」
　嫌……?
「幼なじみになんか戻りたくない。咲希と別れたくないって言ったら?」
「…………」

なんでそんなこと言うの？
私だって、本当は幼なじみになんか戻りたくない。
別れたくないよ。
でも、別れなきゃ一緒にいられないんだよ……。
ジワッと涙が浮かんでくるのを必死にこらえる。
そんな私を見て、アキは優しく微笑んだ。
「冗談やって……。心配すんな」って言いながら。
頭に触れたアキの手の温もりが、さらに涙をあふれさせた。
ボロボロとあふれ出てくる涙を抑えることができなくて、私はその場で泣きくずれた。

アキと別れたあとも涙が止まらなかった私は、教室に戻ることができずに、保健室へと向かった。
「めずらしいわね。本庄さんが保健室に来るなんて」
びっくりしたように目をパチパチさせるふくちゃん。
「……少し休んでもいいですか？」
「いいわよ。なにか冷やす物持ってくるわね」
自分の目を指さしながら、ふくちゃんは優しく微笑み、小さな冷蔵庫を開けた。
少ししてソファに座る私に、タオルに包んだ保冷剤を「はい」と渡してくれた。
「立石くんとなにかあったの？」
えっ？
どうしてわかるんだろう……。
ふくちゃんを見つめると、隣に腰をおろした。

「立石くんもさっき元気がなかったから」
「……そうですか」
「ケンカでもしたの？」
　そう尋ねるふくちゃんに、首を横に小さく振る。
「別れたんです。私が別れたいって……」
「そう……」
「アキを幸せにしたかったんだけどな……」
「……本庄さん」
　ふたたび涙を流す私の背中を、ふくちゃんはずっとさすってくれた。
　アキ、約束守れなくてごめんね……。

＊　＊　＊

「おはよう」
　座席に着くなり、すでに登校していたアキにあいさつをする。
「……あぁ、おはよ」
　気まずそうに返事をするアキに、がんばって笑いかける。
　幼なじみに戻りたいと言ってから数日がたった。
　どうしてかな？
　付き合ってた頃よりも、ただの幼なじみだった頃よりも、私はアキに緊張してる……。
「テスト、どうだった？」
　平静を装いながら、特別に行われたアキのテストの話を

する。
「……まあまあ」
「そっか……。あ、でもアキは勉強できるから大丈夫だよ!」
「……そやな」

　力なく微笑むアキに、なにか話しかけないと、と思ってしまう。

　そんな無理をしてるのが伝わったのか、アキは苦笑した。
「……咲希」
「ん?　なに?」

　不自然に思われないように、ニコッと笑顔を作る。
「無理せんでええ」
「…………」
「無理して話しかける必要ないよ」
「……な、なに言ってんの?　無理してるわけないじゃん」

　ハハ〜……と笑い返すと、アキは困ったように微笑んだ。
　……私、ちゃんと笑えてない?

「アキとの接し方がわかんない……」

　休み時間、廊下で空良に相談する。
「今までどおりでいいんじゃない?」
「でも……アキは困った顔するんだもん」
「あいつもまだ心の整理がつかないんだろ」
「……アキには笑顔でいてほしいのにな」

　はぁ〜……とため息をこぼすと、空良は優しく私の頭をなでた。

「大丈夫だよ。時間がたてばもとに戻るよ」
「……うん」
"もとに戻る"
　空良のその言葉が、なんだかさびしく心に響いた。

【太陽side】
　咲希と"彼氏彼女"という関係から、"幼なじみ"に戻って、しばらくたった。
「アキ、おはよう」
「……はよ」
　ニコッと明るい笑顔を向けてくる咲希にあいさつを返す。
「英語の宿題やった？」
「あぁ」
　咲希が俺に向けてくる笑顔が辛くて、少し視線をそらしながら返事をする。
「今日、当たるかもしれないんだよね」
「大丈夫やろ。あの先生厳しないし」
「そうだね」
　ハハッと優しく笑う咲希に、小さく笑い返す。
　がんばって"幼なじみ"という関係に戻ろうと努力してるけど、正直辛い……。
　俺に向けられる笑顔も、言葉も、すべてが胸を締めつける。
　お互いにただの幼なじみだった頃と同じにしようと、手探り状態になっている気がした。

「空良ぁ……」
「んー？」
「俺、限界かも……」
　屋上の扉の前でしゃがみこみ、うなだれる。
　お昼を食べおえた俺らは、こうして屋上でよく休んでいた。
　空良は隣で壁にもたれるように立っている。
　頭上には青空が広がり、白い雲がゆっくりと流れていく。
「……うん」
「結構、今の状態ってキツイ……」
「……うん」
　うつむいていた顔をあげ、俺は遠くを見つめた。
「だからさ、俺、戻ろかなぁ……って考えてる」
「戻るって!?」
　今まで小さく返事していた空良が、驚いたように俺を見おろした。
「実家に決まってるやん」
「本気か？」
「あぁ……。なんか、今の状態から逃げたい……」
　ボソッとつぶやき、俺は顔を腕の中に埋めた。
「……そうか」
　空良はそれ以上、なにも言ってこなかった。
　弱虫でも、卑怯者でも、なんでもいい。
　ただこれ以上、咲希の辛い笑顔なんか見たくない……。

　その日の夜、空良の家のリビングから繋がっているベラ

ンダに出て、実家に電話をかける。
『本当にいいのか？　母さんに気を遣う必要はないんだからな』
「ちゃうよ……。俺がこっちにいる意味がなくなっただけやし……」
『本当か？　後悔しないか？』
「あぁ。今月中には帰るわ」
『……わかった』
　父さんとの話が終わり、静かに電話を切った。
「風邪(かぜ)引くぞ」
「あぁ……」
　ベランダの手すりに腕をついてもたれかかり、白い息を吐く。
　空良は隣に来ると、星が広がる夜空を見あげた。
「……俺さ、空良がいてくれてよかった」
「なんだよ、急に」
　ククッと苦笑する空良に、ゆっくり視線を向ける。
「お前がいな俺、今こうやって笑えてなかったと思うし。あのとき、死のうとしたん止めてくれて、ありがとうな。いろいろあきらめるなって、咲希のこと背中押してくれたんも、俺のこと思って怒ってくれたんも、泣いてくれたんも……ありがとうな」
「…………」
「感謝してる」
「……そりゃ、どーも」

真剣に見つめる俺の視線から目をそらし、ごまかすように微笑むと、空良は目に涙をためながら口を開いた。
「ひとつ聞いていい？」
「ん？　なに？」
「……後悔してないか？」
　まっすぐに俺の目を見つめてくる。
「後悔？　……そんなん、してへんよ。学校にも通えたし、あいつと……咲希とも再会できたし……。それに……」
「それに？」
「生きてるって、いいことあんのやな〜……俺って幸せやなぁ〜……って。あきらめるだけの人生じゃなかったんやなって思えたし」
　空良や咲希と一緒に、普通に学校生活を送れたこと。
　見学やけど、体育祭に参加できたこと。
　特別な女の子ができたこと。
　その子を悲しませたくないと、距離を置いたこと。
　空良に、なんでもあきらめるなと怒られたこと。
　それでも、特別な女の子と両想いになれたこと。
　だけどやっぱり、その子を悲しませたこと。
　別れを告げられても好きでいること。
　みんなが普通に経験することを、俺もこっちに戻ってきて、ようやく経験することができた。
　なんでもあきらめてきた人生が、すごく充実したものへと変わった。
　それは全部、誰よりも俺のことを考え、思ってくれてい

た空良のおかげ。
　これだけ幸せやと思わせてくれた空良や咲希と、一緒に過ごせた時間。
　それに対して、なんの後悔があるんやろうか……。
　ふたりには感謝の言葉しかない。
「そっか……。よかった……。お前が少しでも幸せだったって思ってくれて」
「だから泣くなって」
　苦笑しながら空良の背中を軽くたたく。
「泣いてねぇよ……」
　そう言いながらも、空良は目頭を指で押さえながらうつむいた。
　空良も父さんも、俺に後悔してないか聞くけど、きっとこっちに来んかったら、もっと後悔してた……。
　学校生活の楽しさや、恋することの辛さや幸せ、自分の生きている意味を見出せないままだったと思う。
「……空良。あいつのこと、頼むな」
「……あぁ」
　咲希とこのまま離れるのは心配で気になるけど、空良がそばにいてくれたら大丈夫やろ……。
　いつか、俺のことなんて忘れられる。
　咲希にはもっと、咲希を幸せにしてくれる人が現れるはずだ。
　ただの幼なじみに戻った俺には、咲希を幸せにすることはできなかった。

ごめんな、咲希……。
　幸せにできひんで。
　涙を流す空良にチラッと視線を向け、夜空を見あげた。
「はぁ……」
　白い息がさびしく感じた。

Chapter 8

お泊まり会

【咲希side】
「……戻る？」
「あぁ」
「なんで……？」

　昼休み、私は教室前の廊下で突然、発せられたアキの言葉が理解できずにいた。

　戻るって、また転校するってことだよね？

「その方が咲希もえぇやろ？」
「どういう意味？」
「俺と顔合わせづらいし、気ぃ遣うやろ」
「…………」

　困ったような表情を浮かべるアキの目を見つめる。

　涙があふれ出してきそうになって、あわてて目をそらした。

「……そっか、そうだよね。私と顔合わせるの、キツイよね……」
「咲希？」
「ごめんっ、私、先生に呼ばれてたんだ！」

　ハハッ……と無理やり笑顔を作り、心配そうに顔をのぞきこんでくるアキからあわてて逃げた。

　予鈴が鳴りひびく中、階段を駆けおりる。

「……っ、………」

　あふれ出る涙を抑えきることができず、次から次へと頬

を伝う。
　どうしよっ……アキがいなくなっちゃう！

「落ちついた？」
「……はい」
　放課後、保健室で優しく背中をさすってくれるふくちゃん。
　あのあと、泣きくずれている私を見つけたふくちゃんが、なにも言わずに保健室に連れてきてくれたんだ。
「なにかあったの？」
　落ちつきはじめた私の顔を心配そうにうかがってくる。
「……アキが戻るって。また転校して、実家に戻るって……」
「立石くんが？」
　そう尋ねるふくちゃんに小さくうなずく。
「……そう。理由は聞いたの？」
「私といるのが気まずいみたい……。ふくちゃん……私、なんのためにアキと別れたんだろ」
「えっ？」
「少しでも、アキと一緒にいたくて別れたのにな……。でも、アキが私といるのが嫌なら仕方ないよね……」
　あーあ……とわざと明るい口調で言うけど、ふたたび涙がこみあげてくる。
「本庄さん……」
　アキは私と一緒にいるのが嫌になったの……？
　そのあともなかなか涙が止まらない私の背中を、落ちつくまでふくちゃんはずっとなでてくれていた。

「空良は知ってたの？」
「……うん。この前、家に戻るって聞いた。ごめんな、なにもできなくて」
　放課後、空良が私を心配して家まで様子を見にきてくれた。
　今日の出来事を話すと、空良は暗い表情を浮かべた。
「……なんで謝るの？」
　空良はなにも悪くないのに。
「咲希の気持ちわかってんのに、あいつを引きとめることができなかった」
「空良はなにも悪くないよ」
「お前の気持ちもアキの気持ちもわかってるのに、俺はなにもできない……。それが腹立つ」
　悔しそうな表情をする空良。
「……空良が自分を責めることじゃないよ」
「でも、これじゃ……お前がアキと別れた意味がなくなる」
　別れた意味がない……？
　それはちがうよ、空良。
「……私じゃアキを笑顔にできなかったってことだよ。自分のことだけで精いっぱいで、私はアキの役に立てなかった。ただアキを傷つけただけなんだよ」
　アキにとって私は必要なかったんだ。
「それはちがうよ。絶対にちがう」
　力強く否定する空良に、私は黙りこむ。
　ちがう……？
　私はアキのそばにいて、よかったの？

「…………」
「アキはずっと笑ってた。お前のこと、あきらめなかった。お前は十分、アキの役に立ててた。だから、否定なんかするな」
「…………」
「アキはこっちに戻ってきてよかったって。咲希や俺と過ごせてよかったって言ってた」
「……うん」
「だから、お前だけは自分を否定するな」
「……うん」

　真剣な眼差しで見つめてくる空良に、泣きそうになりながらも小さくうなずいた。
　空良、いつもありがとう……。
　空良も辛いのに、なにがあっても私やアキの味方でいてくれて。
　私がアキのそばにいたことは正解だったのか、それは今でもわからない。
　でも空良がそう言ってくれるのなら、私は少しでもアキのそばで過ごせたことが幸せだと思った。

*　*　*

「えっ？　お泊まり？」
「うん。咲希がよければやけど……」
　数日後、空良の家でお泊まり会をしないかと、突然アキ

から誘われた。
　アキが戻ると聞いてから、なるべく関わることは避けていたから、びっくりしてしまった。
「……どうして？」
　驚いた表情でアキに問うけど、アキは気にすることもなく話し続けた。
「前に、またお泊まり会しよって言ったん、覚えてる？」
　たしか、アキの歓迎会をしたときに出た話だよね？
「……嫌じゃないの？」
「えっ？」
「私といて、気まずくない？」
　だから、アキは戻るんでしょ？
「……そんなことないよ。ただ、戻る前に咲希や空良と前みたいに過ごしたいと思って」
　そう言って優しく微笑むアキに、気づけば「いいよ」と答えていた。

「未来ちゃん……アキはなに考えてるのかな？」
　放課後、中庭の掃除をしながら、未来ちゃんにお泊まり会の話を相談する。
「立石くんと幼なじみに戻りたいって言ったのは、咲希ちゃんなんでしょ？　だったら"幼なじみ"に戻っただけなんじゃないの？」
「そうだけど……」
　詳しくは話してないけど、未来ちゃんにはアキと別れた

ことを伝えていた。
　未来ちゃんはすごく驚いて、『お似合いだったのに……』とさびしそうにがっかりしていた。
「立石くんは立石くんなりに、前みたいな関係に戻そうって思ってるんじゃない？」
「……うん」
　そうなのかな？と思いつつ、うなずく。
　前みたいな関係ってなんだろ……。
　ただの幼なじみだった頃みたいに、なんでも笑って言い合える関係？
　どんなんだったか、もうよくわからない。

　そして、どこか腑に落ちないまま、お泊まり会当日を迎えた。
「今日は昔に戻ろう！」
　空良の家に入ると同時に、アキが笑顔で出迎えてくれた。
「昔？」
「そう、昔。俺らがなにも知らんかった頃。ただ楽しかった頃みたいに楽しく過ごそう！　なっ？」
「……うん」
　そうだよね……。
　うん、今日は楽しく過ごそう。
　アキが実家に戻る前に、少しでもいい思い出を作れるように。
　ニコッと微笑むと、アキも優しく微笑み返してくれた。

「お前ら、ふたりで話してんなよ」
「準備できたん？」
　自分の部屋から不満げに出てきた空良。
「あぁ……って、なにも準備するものないけど」
「片づいてるじゃん」
　アキのあとについて空良の部屋に入ると、綺麗に片づいていた。
「当たり前だろ？　俺の部屋はいつだって綺麗じゃん」
「うわー、こいつ嘘ばっか言っとんな」
「アキまでひどっ！」
　ふたりのやり取りを見ていると、自然に笑いがこみあげてきた。
　こうやって３人で笑うのって久しぶりだな。
「そや、咲希」
「なに？」
「空良のあの話、知ってる？」
「あの話って？」
「アキ！　あれは秘密だって！」
　あわてて話を止める空良と、楽しそうな表情を浮かべるアキ。
　自然にアキと会話しているこの感じ、なつかしいな……。
　アキが戻ってきてから、空良や私も笑顔が増えたと思う。
　他愛ない話で盛りあがって、気づいたらアキに恋してて。
　男の子とはじめてデートしたことや、はじめてのキス。
　アキに冷たくされても好きだったこと。

突き放された理由が、アキの病気のせいだと知ったこと。
私のせいで、アキを死へと追いこもうとしていたこと。
それでもアキは、私の気持ちに応えてくれた。
アキは私にとって、特別な男の子だった。
昔から……。
私の初恋相手。

幼なじみに戻って、もうアキのそばにはいられないけど、アキと再会できて、今こうやってふたたび笑い合える日が来て……それってすごく幸せなことだと思う。

ふたりの様子を見ながら、いろんなことがあったな……と記憶が次々に蘇る。

だからかな……？

ずっとこの瞬間が続けばいいのに……って、そう思うのは。
「そうや、アルバムってどうなった？」

アキが思い出したように、お菓子を食べる私に聞いてきた。
「あ、それなんだけど、今日のお泊まり会の写真も載せてから、アキに渡そうと思ってて……」

もうアルバムはほとんど完成していた。

アキが戻ると聞いてから、いつでも渡せるようにと急いで完成させたのだ。

でも最後に、3人で前みたいに笑って写っている写真を、アルバムの最後のページに載せたいと思っていた。
「そうなんや。いろいろ任せっぱなしで悪かったな」
「ううん……。遅くなってごめんね」
「そんなことないよ。アルバム楽しみにしてるわ」

そう言ってアキはうれしそうに、でもどこかさびしそうに笑った。

それから、お菓子や空良のお母さんが用意してくれたご馳走を食べながら、私たちは学校の先生の話や勉強の話をしたり、テレビや映画を観たりした。

写真もたくさん撮り合った。

これが3人で過ごす最後の時間だと思うと、どんな一瞬も写真に収めたかった。

アキの笑顔を残したいと思った……。

久しぶりに3人で楽しく過ごす時間はあっという間に過ぎて、もう寝る時間になった。

お泊まり会っていっても、同じ部屋に泊まるわけではなく、私は客間を借りて寝ることになっていた。

「咲希」

「ん？」

寝る準備をしていると、アキが客間にやってきた。

「今日はありがとうな。また咲希とこうやって過ごせてよかった」

「……私もだよ。アキと久しぶりに楽しく過ごせてよかった」

そう言って笑顔を向けると、アキも優しく笑った。

「……おやすみ、咲希」

「……おやすみ」

布団に入って今日のことを思い出す。

いっぱい笑って、写真撮って、なにも知らなかった頃みたいに戻った気がする。
　明日はもっとアキを笑顔にできるかな……。
　そんなことを思いながら眠りについた。

「……ん」
　……今、何時？
　夜中に目が覚め、スマホで時間を確認する。
「……留守電？」
　スマホの画面に留守電のマークがついていた。
　こんな夜中に誰からだろ？と起きあがり、再生してみる。
『……咲希』
「……えっ？」
　留守電の主はアキだった。
　思いもしない相手に、一気に眠気が吹っとんだ。
『電話でごめん。直接言うのは、やっぱりできんくて』
　ははっ……と情けなさそうに笑ったあと、続くアキの言葉。
『……咲希、俺が戻ってきた本当の理由はな……』
　戻ってきた理由……？
　こっちに転校してきた理由ってこと？
『……時間がない、からやねん。空良が、俺に人生をあきらめるなって怒るのは、空良も俺の余命を知ってるから』
　……余命？
　淡々と話を進めていくアキの声に、頭がついていかない。
『俺……もう１年ないねん。俺が最初にそれを知ったとき、

どうせ死ぬなら苦しみたないって思って……自殺しようかと思った』
　その言葉に、心臓がドクッと跳ねる。
　１年ないってどういうこと……？
　待って……アキが転校してきてから、どれくらいたってる？
　急に余命１年と聞き、頭がまっ白になる。
　まさか、そんなに短いなんて……。
　アキにはもう時間がないの……？
　パニックになる私を無視して、電話のアキは話を先へと進めていく。
『でも、空良が残りの人生ムダにすんな！って怒って。こっち戻って普通の生活を送って、人生あきらめるだけじゃないんやってことわからせたる！って……』
　苦笑しながら言葉を続けるアキに、困ったように微笑むアキの笑顔を思い出す。
　そういうことだったんだ……。
　空良とふたりで隠していた理由を、はじめて知った。
　私、本当になにも知らなかったんだね……。
『俺、あいつがいな、今頃こんな幸せな人生があるってことも知らんと死んでたと思う。それに……人を好きになるってことも知らんままやったと思う。咲希……俺、咲希を好きになれてよかった』
　暗闇の中、アキからの言葉に胸が苦しくなる。
　私もだよ、アキ。

私もアキを好きになれてよかった。
　アキと出会えて、幸せだったよ？
『ホンマはな、知っててん。咲希が俺と別れた理由』
　……えっ？
『空良から全部聞いた』
　空良が全部、話してたんだ……。
　私がアキと別れた理由も、幼なじみに戻った理由も。
　アキは全部、知ってたんだね。
　それでもアキは、私たちの前からいなくなろうとするんだね。
　アキ、これは聞いた……？
　まだ、私がアキを好きだってこと。
『……咲希、ごめんな。いつも泣かせてばっかりで。幸せにしてあげられんくて、ごめん……。今までありがとうな。咲希と一緒に過ごせて幸せやった』
　アキ……。
　私は十分、幸せにしてもらったよ。
　アキがそばにいるだけで幸せだった。
　好きだよ。
　大好きでした。
『……じゃあな、咲希』
　そう最後に告げると、留守電は終わった。
　じわっとあふれ出す涙は頬を伝って、握りしめたスマホの画面を濡らした。

そのあと、急いでアキの部屋に向かったけど、すでにもぬけの殻(から)だった。
「……いない」
　アキの部屋は綺麗に片づけられ、部屋のまん中に置かれたテーブルにはデジカメが置かれていた。
　寝る前に『今日の写真を見なおしたいから貸してくれ』とアキに言われて、渡したものだった。
　もしかして……と嫌な予感に襲われ、デジカメのデータを確認する。
　予感は的中し、その日にみんなで撮った写真はすべて消されていた。
　アキはなにも残さず、黙って姿を消した。

約束

【咲希side】
　季節は春。
　桜も散り、木々は青く変わりはじめている。
　アキがいなくなってから２ヶ月がたっていた。
　空良も、アキが突然姿を消したことにはびっくりしていた。
　新学期を迎え、高校３年生になった私たち。
　教室の窓からは涼しい気持ちのいい風が吹いて、カーテンを優しく揺らしている。
　クラスは持ちあがりのため、空良や未来ちゃんと一緒にまた１年間を過ごすことになる。
「立石くんがいたのが嘘みたいだね」
　ホームルームまでの時間、席が前後になった未来ちゃんと話す。
「そうだね」
　今ではアキのいない教室や生活にも慣れ、アキが来る前と同じ日常を送っていた。
　あのあと、アキの留守電に対して返事はしなかった。
　私が別れを告げた理由すべてを知っていて、突然姿を消したアキに、どんな言葉を言えばいいかわからなかった。
　逃げた弱虫の私を嫌いになっているんじゃないかと思うと、怖かった。
「高峰くんは、本当に立石くんの居場所知らないの？」

「さぁ……？　空良のことだから知ってると思うよ？」
「だったら、居場所聞いて会いにいきなよ！」
　そう力強く言う未来ちゃんに、力ない微笑みを返した。
　アキが姿を消してから、私たちはアキの話題を避けるようになっていた。
　空良はどう思っているかわからないけど、私は黙って姿を消したアキの居場所や状況を聞けずにいた。
　アキの病気がどれくらい進行しているのか、また入退院を繰り返しているのか、知るのが怖いからだ。
　空良から聞いた話だと、アキの余命が１年ないと言われたのは、去年の夏に転校してくる２ヶ月前だったらしい。
　それからもう９ヶ月くらいたっている。
　空良がなにも言ってこないから、アキは大丈夫なんだと自分に言い聞かせて、この２ヶ月間、アキのことをなにも聞かずに過ごしてきた。
「咲希、明日暇？」
「明日？　なにかあるの？」
　未来ちゃんと話している所に突然やってきた空良は、紙袋を渡してきた。
「……なに？」
「明日、俺のかわりに高良くんと一緒に、それ渡しにいってきてほしいんだけど」
　紙袋を指さしながら言葉を続ける。
「渡すって？」
「まぁ、行けばわかるから」

「え、でも……高良くんとふたりで……？」
　それって、アキと関係あること？
　空良が私にわざわざ頼むくらいだもん。
　でも、そうだとしたら……。
「嫌？　だったらひとりで行く？」
「えっ!?　それもどうかと……」
　だいたい、どこになにしに行くかもわかんないのに……。
「高良くんが迎えにいくから、任せればいいよ」
「……うん」
　よくわからないけど、引き受けてしまった。
　だって、空良の目が絶対に行った方がいいって物語っていたから。
　というか、空良はなんで行けないの？
　そんな疑問が浮かんだけど、空良は用件を済ませると友達の所へ戻ってしまった。
「なにが入ってるの？」
「さぁ……？」
　不思議そうに紙袋の中身をのぞく未来ちゃん。
　ちょっと重たいけど、なにが入ってるのかな？
　勝手に中身を見るのはいけないと思い、とりあえずカバンの中にしまった。
　空良、私に行かせるってことは、なにか空良なりの考えがあるんだよね？
　そう思い、私は素直に行くことに決めた。

　　　　　＊　＊　＊

「久しぶり、咲希ちゃん」
「……お久しぶりです」
　ニコッと微笑み、車の窓から顔をのぞかせる高良くん。
　翌日、空良の言ったとおり、朝早くから家まで迎えにきてくれた。
「乗って」
「あ、はい……」
　急いで助手席に乗り、シートベルトを締める。
「今日は空良が、僕と一緒に行ってこいって？」
「はい。急にかわりに行ってくれって……」
「そうなんだ。なにしに行くか聞いてる？」
「いえ……。行けばわかるって」
「そうか。あいつらしいな」
「……えっ？」
　見つめ返すも、高良くんは優しく微笑むと、黙って車を走らせた。
　高良くんは私が一緒に行くことを、空良からどう聞いてるのかな。
　本当に空良じゃなくて私が行ってよかったのか、不安になる。

「どこに向かってるんですか？」
「もう少しで着くよ」

車を走らせること数時間。
　高良くんは行き先を教えてくれることなく、車を走らせ続けていた。
　こんな遠いところまで、なんの用事なんだろ？
　高良くんのことは信用してるし、空良のお願い事だから大丈夫だとは思うけど、こんなに遠いところまで来るなんて聞いてないから、少し不安になってくる。
　疑問に思いながらも、黙って目的地に着くのを待つ。
　高速を走らせること数時間、標識(ひょうしき)は私たちが関西にいることを示していた。
「着いたよ」
「えっ……？」
　そう言って車を停(と)める高良くんの視線をたどると、学校の建物が目に入った。
「……学校、ですか？」
「うん。僕の大事な患者(かんじゃ)さんが通ってるんだ」
　ニコッと優しい表情を浮かべ、車から降りた。
　高良くんの患者さんに用事があるってこと？
　どうして私と一緒に来たんだろう……。
　疑問に思いながら、私も急いで車から降りて、学校内に入っていく高良くんのあとをついていく。
「いいんですか？　勝手に校舎内に入っても……」
「大丈夫だよ。ちょっと用事があるから、ここで待っててくれる？」
「え、あ、はい……」

そう言いのこして、高良くんは校舎内へと姿を消した。
　私はとりあえず、校門付近で待つことにした。
　いったい、なにしに来たんだろ？
　考えたところでわからない。
「……あっ！」
　紙袋！
　渡すように頼まれてたのに高良くん、なにも持たずに行っちゃった！
　どうしよ……。
　追いかけるべき？
　でも……さっきからチラチラとここの学生に見られているから、校舎内には入りづらいんだよな……。
　あたふたする姿、完全に不審者だと思われてるよね。
　そのとき……。
「……咲希？」
「えっ？」
　名前を呼ばれた気がして、校舎の方へと視線を向ける。
「…………」
　そこにいた人の姿に言葉が出ない。
「ここでなにしてんの？」
「…………」
「咲希？」
　そう言いながら、顔をのぞいてくる。
「……なん、で？」
　どうしてここにいるの……？

自然と涙があふれ出してくる。
「なんでって……。ここ、俺の高校」
「……っ、アキぃ～……っ」
　なんでいるの？
　なんでそんなに普通なの？
　なんで……。
　会いたかったよ、アキ……。
　久しぶりに見たアキの姿は全然変わっていなかった。

「落ちついた？」
「……うん」
　グスッと鼻をすすり、ハンカチを目に当てる。
「ごめんね……。急に泣いたりして」
「ええよ。それより、急にどうしたん？」
　校門では目立つからと、アキは近くの公園へと私を連れてきた。
　ベンチに座る私たちの周りを、気持ちいい春風が吹く。
「空良に頼まれて来たの……」
「空良？」
「うん……。渡す物があるから、高良くんと一緒に行ってきてって」
「渡す物って？」
「これ。でも、高良くんに渡すの忘れちゃって」
　そう言って紙袋をアキに見せると、アキはため息をつき、困ったように笑った。

「たぶんそれ、俺にやわ」
「……アキに？」
「さっき空良から、渡す物があるから受け取れってメールが来た」
「……そうなんだ」
「中身、見ていい？」
「うん。アキのだから」

　はい、と紙袋を渡すと、アキは中身を取り出し、包装紙を破りだした。
「……写真？」
　中から出てきたのは、写真立てに収まっている１枚の写真。
「……なんでやねん」
　ボソッとつぶやくと、苦笑した。
「全部、消したはずやのに……」
　いつ現像しててん……と、顔をうつむかせた。
　写真立てには、私たちが最後のお泊まり会で空良のお母さんに撮ってもらった写真が入っていた。
　中庭に３人笑顔で並んでいる……アキが去るときに消したはずの写真が……。
　あのときの写真、はじめて見る。
　こんなにみんな、楽しそうな、幸せそうな表情をしてたんだ……。
　もう、この頃には戻れないのかな……？
　アキはしばらく肩を震わせ、泣くのをこらえるように私から視線をそらし、遠くを見つめていた。

「……ごめんな」
「なにが？」
「黙っていなくなって」
「……うん」

視線が絡み、うつむいてしまう。

「咲希」
「……なに？」
「今までありがとうな」
「……な、に？　急に……」

あらたまったように言うアキにとまどう。

「ちゃんと言わなあかんな……と思ってて。俺、咲希といられて幸せやった」

そう言って優しく微笑むアキ。

「……私もだよ。私もアキといられて幸せだった」

アキに別れを告げたとき、アキが突然いなくなったお泊まり会のとき、伝えるチャンスは何度もあったのに、言えなかった気持ちを伝えられてよかった……。

「あの、電話……留守電も聞いたよ。全部知ってたんだね」
「……うん」
「……ごめんね、アキ……。私が弱虫だったから……」

あのときは、アキと別れるしか、方法がわからなかったんだ。

結局、離れることになってしまったけど、自分の選択はまちがっていなかったって思いたい。

「咲希は弱虫ちゃうよ。俺が逃げただけ。だから自分を責

めるな」
　な？と、アキは私の頬を伝う涙を優しく拭った。

「じゃあ、気ぃつけて帰ってな」
「あぁ。太陽も、いつでもこっちに来いよ」
「……うん」
　そう言って、車に乗りこむ高良くんに手を振るアキ。
　あれからしばらくして学校に戻ると、高良くんが学校の前で待っていた。
　高良くんはなにも言わずに、「ゆっくりでいいよ」と言うように、私とアキを優しく見つめていた。
　空良は私とアキが会えるように、高良くんに伝えてたのかな？
　私に写真を持っていかせたのは、アキに会わせるためだったんだね。
　今のアキのことをなにも聞かない私に、空良はじれったく感じていたのかもしれない。
　アキの残りの時間をムダにしてほしくないと……。
「……アキ」
「……咲希も。元気でな」
　優しく微笑むアキにコクンとうなずく。
　あぁ……ダメだ。
　我慢するって決めたのに、涙がだんだんとあふれてくる。
「……っ、……ご、め……っ」
　あわててうつむき、アキから顔を背ける。

泣いたらアキに負担かけちゃう。

泣きやめ、泣きやめ……！

必死に泣くのをこらえようとするけど、次から次に涙があふれ出してくる。

一生懸命、涙を拭っていると、ギュッと抱きよせられた。

「……っ！」

「……我慢しんでいいよ」

そう言ってポンポンと優しく、背中に回した手を動かす。

「ごめんね……。すぐ泣きやむから……」

「うん……」

アキの腕の中は温かくて、胸が苦しくなる。

「……アキ」

「ん？」

「私、もっとアキを幸せにしてあげたかった」

アキの胸に顔を埋めたまま、ボソッとつぶやく。

「なに言うてんねん。俺はもう十分、お前に幸せにしてもらった。……俺の方こそ、泣かせてばっかで悪かった」

だから泣くな……と涙を流す私の頬を優しく拭う。

「……咲希。俺、咲希には笑っててほしい」

「……うん」

「……俺がいなくなっても」

「えっ……？」

ボソッと小さな声でつぶやくアキを見あげる。

「初詣のときの俺の願い事。俺がいなくなっても、お前には幸せに笑っててほしいねん」

「……なに、急に。アキはいなくならないよ！」
　必死にアキにしがみつく。
　なんでそんなこと言うの……？
　まるで、本当にいなくなっちゃうみたいなこと……。
　アキは死なないよ！
　死ぬなんて、信じたくない……っ！
「俺な、手術しようって思ってんねん」
「……えっ？」
　突然の言葉に、アキをジッと見つめ返す。
　手術すれば治るの？
　アキのお父さんは難しいって言ってたのに……。
「成功する確率は低いし、そんまま死ぬかもしれん……。
そしたら、俺のことは忘れて、ちがう幸せを見つけろ」
「……ちがう、幸せ？」
　そう問う私に「あぁ」と言葉を繋げる。
「でも……もし、万が一、手術がうまくいったら……」
　いったら、なに……？
　言葉を途中で切ると、アキは深呼吸をした。
「咲希のこと、迎えにいってもいい？」

　　　　　　　　＊　＊　＊

「昨日はお疲れ。ちゃんと会って話せた？」
　そう言って、空良はベッドで寝転ぶ私の前に腰をおろした。
　昨日、アキと別れてから、数時間かけて帰る車の中、私

は現実を受け入れられずにいた。
　アキが姿を消して、余命１年だと知ってからも、私はアキは元気でやっていると自分に言い聞かせてきた。
　でも、昨日会って、手術をすると聞いてはじめて、アキがいなくなるかもしれないと思った。
　今まで逃げてきた現実を突きつけられた気がする。
　今朝、空良から会えないかと連絡が来たけど、私は家から出る気分になれずに断ると、空良が家まで様子を見にきてくれた。
「……空良は知ってたの？」
「なにを？」
「……アキが手術するって」
「……うん。だから、咲希にはもう一度アキに会ってほしくて」
　それは、二度と会えなくなるかもしれないから……？
　昨日からずっと、頭の中はそんな考えでいっぱいで、不安が押しよせる。
「……手術はいつ？」
「……来週」
　そう言う空良に「そうなんだ……」とつぶやき返す。
　空良はそっと私の髪に触れ、優しく頭をなではじめた。
「……怖い？」
　不安げに尋ねる空良に、静かに口を開く。
「アキと初詣に行ったときね、アキとずっと一緒にいられますように……ってお願いしたの」

「……うん」
「でもね、アキはちがった」
　アキも、私と同じ願いだといいなって思ってた……。
　だけど……。
「アキは、自分がいなくなっても咲希が幸せに笑えますように……ってお願いしてたの」
「……うん」
「アキはずっと、自分がいなくなったときの私を心配してくれてた……」
　でも私は、アキが幸せな楽しい人生を過ごしてほしいと、今のことしか考えていなかった。
　先のことを考えていなかった。
　だから、アキがいなくなったあとも、怖くてなにもできなかった。
　それなのに……。
「アキは手術がうまくいかなかったら、俺のことは忘れて幸せになれって……」
「……うん」
「バカだよ……。自分の方が怖いのに。不安なのに。私の心配ばっかりして。幸せだったって言って……」
　今度の手術のことだって……。
　私はなにも知らずに、アキに甘えすぎてた。
　自分のことしか考えてなくて、アキのこと、ちゃんと理解してあげられてなかった……。
　バカは私だ。

涙でぐしょぐしょになった顔を枕に埋める。
「……あいつ、バカだけどさ、それって愛されてた証拠じゃん？」
　枕に顔を埋める私の頭を優しくなでながら、空良は優しい微笑みを浮かべた。
　ごめんね、アキ……。
　私はなにもアキのこと、わかってあげられていなかった。

　　　　　　　　　　＊　＊　＊

「一緒に行く？」
「……ううん、待ってる」
「……わかった」
　アキの手術当日。
　空良は、高良くんと一緒にアキが入院している関西の病院へと向かう途中、私の家に寄ってくれた。
「大丈夫だよ。あいつは絶対死なない」
「……うん」
　不安な表情を浮かべる私に、空良は言いきった。
「……メールした？」
「……うん」
　今朝届いたアキからのメール。
《From：アキ　手術、がんばるわ。だから、成功したときはお前のこと迎えにいく》
《To：アキ　がんばってね。約束だよ？　絶対に迎えにき

てね。アキのこと待ってるから≫
　大丈夫。
　アキは絶対に迎えにきてくれる。
　約束を守ってくれる。
「それなら大丈夫だよ」
「……うん」
「じゃあ……行くな」
　そう言って車に乗りこむ空良を見送る。
　静かに走り去る車が見えなくなるまで、ずっと見つめ続けた。
　アキ……大丈夫だよね？

Chapter 9

生きた証

【咲希side】
　アキが手術してから1週間がたった。
「行かないの？」
「……うん」
「アキ、待ってるよ」
「…………」
　手術はうまくいったみたいだけど、アキはまだ目を覚ましていない。
「……咲希、行こう」
　アキのいる病院に一緒に行こうと、何度も空良から誘われているけど、なかなか行く気になれずにいた。
　今日も放課後、空良に今度の週末に様子を見にいかないかと誘われていた。
「……やだ」
「どうして？」
「だって約束したんだもん」
「約束？」
　首を傾げる空良にうなずく。
　"迎えにいく"って、アキがメールでしてくれた約束。
「手術が成功したら、アキが私を迎えにくるって約束したの。だから行けない」
　だから私は、アキが来てくれるのを待ちたい。

空良の目を見つめて言うと、空良は「そっか……」と小さく返事した。
「……なぁ、なんでアキが写真を撮ってって咲希に頼んだか知ってる？」
　……理由？
　知らないと首を横に振る。
「生きた証を残したかったからだよ」
「……生きた、証？」
「うん。自分がいなくなっても、誰かにこんなヤツいたなって……思い出してほしかったからだよ」
　思いもしなかった事実に、言葉に詰まる。
「……そう、なんだ。私、全然知らなかった。なにも考えずに写真撮ってた」
　ただ、写真にアキの姿を収めてただけ……。
「知ってたら、撮るときにヘンな意識するから黙ってたんだよ」
　気にするなと微笑むと、空良は私の頭を優しくなでた。
「アキは、死を目の前にして怖くなかったのかな？　なんで普通に笑えてたのかな……？」
　私だったら、きっとできない。
　毎日、不安で怖くて、周りに当たっていたかもしれない。
　泣いて過ごしていたかもしれない。
　人を信用できなかったかもしれない。
　恋だってしなかったと思う。
　それなのに、アキはすごい……。

自分のことで精いっぱいなはずなのに、人のことも思いやっていた。
「怖かったと思うよ？　でも、笑えてたのは咲希がいたからだろ？」
「……っ、そんなこと言われたら、泣いちゃう」
「いいよ、泣いても」
　クスッと笑みをこぼすと、空良はふたたび私の頭を優しくなでた。
　アキ……私は空良の言葉のとおり、アキを笑顔にできてた？
　そばにいて、アキの生きる希望になれてた？
　一緒に過ごしたことに、意味はあったよね？
　私はアキが元気になって戻ってくることを信じてるよ。
　待ってるから、迎えにくるって約束……守ってね。

* * *

　それから数日後、アキの容態(ようだい)が急変した。
「……っ咲希！」
　休み時間、空良が血相(けっそう)を変えて近よってきた。
「どうしたの？」
「アキが……太陽の容態が急変した」
「……えっ？」
「さっきアキのお父さんから電話がかかってきて、アキの容態がヤバいって」

……ヤバいって？
　空良の言葉に頭がまっ白になる。
「今からアキんとこ行こう」
「…………」
　ヤバいって、どういうこと？
　アキは大丈夫だよ。
　嫌だ……。
　信じたくない……っ!!
「咲希!!」
　なにも反応しない私に空良が大声を出すと、クラス中の視線が私たちに集まる。
「……うん」
　アキは大丈夫。
　きっと、なにかのまちがいだよ。
　そう心で自分に言い聞かせて小さくうなずくと、空良は少し表情をやわらげた。
　荷物をまとめ、空良に引っぱられるようにして私は学校を急いで飛びだした。

「咲希!?　学校は？」
　荷物を置き、お金を取りに帰った私を、お母さんがびっくりしたように追いかけてきた。
「アキが……っ」
「太陽くん？」
「……行かなきゃ……っ、アキがいなくなっちゃう」

ボロボロとあふれ出してきた涙を、お母さんが優しく拭ってくれる。
　感情が高ぶってなにも言えない私を、お母さんは抱きしめた。
「……送るわ」
　お母さんはなにも言わずに、私と空良をアキのいるところまで送ってくれた。
　今回、アキが手術を受けたときも、結果がどうなるかすごく心配していた。
　私がなにも言わないから、お母さんはなにも聞いてこなかったけど、アキと付き合っていたことも、別れたことも気づいていた。
　ひとりでこっそり泣いていたのも、わかっていたと思う。
　それでもお母さんはなにも言わずに、ただ私たちのことを見守ってくれていた。

　　　　　　　　＊　＊　＊

　車を数時間走らせて病院に着いたときには、日が沈み、夜を迎えていた。
　黙ったまま空良についてアキのもとまで向かうと、アキのお父さんがひとり、病室前のイスに腰かけていた。
「おじさん」
「……来て、くれたんだね」
　空良が声をかけると、おじさんは力なく微笑み、私たち

を病室の中に招き入れた。
「母さん、空良くんと咲希ちゃんが来てくれたよ」
　その言葉に、アキのそばで無表情な顔で座っていたおばさんの顔つきが変わった。
「……どうして？　どうしてあなたが来るのよ!?」
　いきなりヒステリックな声をかけられ、びくっとしてしまう。
　やっぱり私は来るんじゃなかった。
　来たらいけなかったんだ……。
「母さん！」
　おじさんが止めるけど、おばさんは私をにらみ続けたまま言葉を続ける。
「あなたのせいで、この子は目が覚めないのよ!?」
「急になにを言いだすんだ!?」
「だって……別れるって言ったのに。あの子は咲希ちゃんのために手術を受けたのよ？」
　えっ……？
　私のために？
　思わず、おばさんを凝視してしまう。
「……そうだとしても、それが咲希ちゃんを責める理由にはならない。咲希ちゃん、いつもすまないね」
　申し訳ないと謝るおじさんに、頭を小さく横に振る。
　どう返事をしていいかわからなかった。
　だって私のために手術をして、アキはまだ目が覚めないでいる。

今のこの状況は、私に責任がある……。

沈黙が病室内に広まっていく。

「ちょっといいですか？」

そんな沈黙を破るように、病室の扉が開けられた。

「……お母さん」

「ごめんなさいね。今まで黙って聞いてたんだけど、どうも納得いかなくって」

病室の前の廊下で待っていたお母さんが、今までの会話が気になったのか病室に入ってきた。

「いえ、こちらが悪いんです。咲希ちゃんを責めてばかりで」

「もう誰が悪いとかやめましょう？　たしかに、咲希が太陽くんを無理させたこともあったかもしれないわ。でもそれは、太陽くんが楽しく過ごせていた証じゃないですか？」

そう言うお母さんに「……どういう、ことですか？」と問うおじさん。

私もお母さんの言っていることがわからずに、おじさんと同じようにお母さんの顔を見る。

「これを見ていただけると、わかるんじゃないでしょうか？」

「お母さん、それ……」

どうして持ってるの……？

お母さんがカバンの中から取り出したのは、私がアキのために作ったアルバムだった。

「なんですか？」

「アルバムです。咲希が撮った太陽くんや空良くん、咲希

の笑顔がたくさん詰まったアルバムです」
　おじさんはお母さんからアルバムを受け取ると、おばさんと一緒にゆっくりと目を通しはじめた。
「……この子のこんな笑顔、久しぶりに見たよ」
　やわらかい笑みをこぼすおじさん。
「太陽は、咲希ちゃんや空良くんと過ごせて、本当に幸せだったんだね」
　そう言いながらパラパラ……とページをめくっていく。
「私たちではこんなに太陽を笑顔にできなかった。いろいろなことをあきらめさせて、悲しい顔しかさせてこなかった。ただ、この子が死ぬまでに悔いのない人生が送れればいいと思っていた……」
　そう言って、おじさんはかすかに目に涙を浮かべている。
　その隣で、おばさんはただ黙ってアルバムを見つめていた。
「でも今回、手術をしたいと言ってきた。手術をしても成功しない確率が高い。でも、なにもしないまま死を迎えるなら、手術をして死にたいって」
　アルバムから顔をあげ、私の目を見つめながらおじさんは言葉を続ける。
「誰かのために生きたいって思えるようになったのは、咲希ちゃんがいたからだって……あの子はそう言ったんだよ」
　そう言って目に涙をため、優しく微笑むおじさん。
　よかった……。
　私はアキの生きる意味になれていたんだ。
　そう思うと、泣きそうになった。

「……咲希ちゃん、それに空良くん。太陽のそばにいてくれてありがとう」
「いえ……」
　おじさんの言葉にどう返事を返したらいいか言葉が見つからず、首を小さく横に振る。
「……おじさん、咲希を太陽とふたりにしてあげてもいいですか?」
　今まで黙っていた空良がそう言うと、おじさんはみんなを連れて病室をあとにした。

感謝

【咲希side】
　病室にひとり残された私は、呼吸器や機械を付けて眠ったままのアキに近づいた。
「……アキ」
　イスに腰かけ、アキの手を握る。
「アキが来ないから来ちゃった……」
　そう言いながら小さく微笑む。
「……"迎えにいく"って言ったのに。いつまで待たせるの？」
　でも、そんな笑顔ももたなくて、しだいに涙がこぼれる。
「約束したじゃん！　もし……手術に成功したら……」
　成功、したら……。
『でも……もし、万が一、手術がうまくいったら……』
　アキ……。
『咲希のこと、迎えにいってもいい？』
「……っ、アキ……約束守ってよ。待ってるって言ったでしょ？」
　手術の日、アキとしたメールのやり取りを思い出す。
≪From：アキ　手術、がんばるわ。だから、成功したときはお前のこと迎えにいく≫
≪To：アキ　がんばってね。約束だよ？　絶対に迎えにきてね。アキのこと待ってるから≫

そして、手術室へ向かう直前に送られてきた、たった一言のアキからの返事。
≪From：アキ　約束≫
アキ、約束守ってよ……。
お願いだから、ひとりにしないで。
アキの手を強く握りしめる。
ねぇ……なにか反応してよ。
規則的な機械の音が綺麗な寝顔のアキを包みこみ、病室内は静まり返る。
「………私、アキを忘れるなんて嫌だよ？　ずっとそばにいてよ、アキ……っ」
祈(いの)るような思いでアキの手を強く握りしめなおす。
だけど、アキからの反応はなにもなかった。
手から伝わってくる温もりだけが、アキががんばって生きようとしていることを伝えていた。
涙は枯(か)れることなく、頬を伝って流れ続けた。

しばらくしてから病室を出ると、お母さんたちの姿はなく、アキのお母さんだけがイスに腰かけていた。
「咲希ちゃん」
「……はい」
私を待っていたのか、病室を出てきた私に気がつくと、すぐに立ちあがり近づいてきた。
「さっき……いえ、今までごめんなさい。大人げない行動ばっかりしてしまって、咲希ちゃんを傷つけてしまったわ」

申し訳なさそうに涙で濡れた顔をさげる。
「……そんなことない、です。おばさんの気持ちも理解できます。だから謝らないでください」
　だって私には、おばさんを責める資格なんてないんだから。
　今まで、アキを何度も危険な目にあわせてきた。
　それに、私だっておばさんの立場だったら、同じことをしていたかもしれない。
「……そう言ってくれると助かるわ。ただ悔しかったのかもしれないわね。私たちではあの子を心の底から、楽しいと思える笑顔にできなかったことが……。それなのに、咲希ちゃんはすぐに、あの子を本当の笑顔にした」
　そう言い、アキに似た優しい表情を浮かべる。
　私はなにもしていない。
　ただ、アキのそばで一緒に笑っていただけ。
　アキを笑顔にできたのは、アキの周りにアキを想う人がいたからだ。
「咲希ちゃんが撮った写真には、太陽の笑顔がたくさん写ってた。太陽がどれだけ楽しい学校生活を送っていたのか、わかったわ」
　涙を目にため、だんだんと表情が悲しみを浮かべる。
「今まで、みんなが当たり前にしていることを太陽はできなかった。咲希ちゃんは、あの子に恋を教えてくれたのね。それに、たくさんの思い出を作ってくれたわ。……あの子の幸せな笑顔を見せてくれて、ありがとう」
　涙を流しながら、おばさんは何度も頭をさげる。

「いえ、私はなにも……」
 ただ一緒にいただけだから。
 アキを好きになっただけだから。
 笑顔にしてもらったのは、私の方だ……。
「太陽の生きる希望になってくれて、ありがとう」
 我慢していた涙があふれ出す。
 私はアキのそばにいてよかったんだ……。
 今やっと、そう思えた気がする。
「だから絶対に、あの子は目を覚ますわ。咲希ちゃんを悲しませるなんて、そんなひどいことしないわ」
「……はい。私も信じてます。太陽くんは必ず目を覚ますって」
 そう力強く返事をして、おばさんとふたり、希望を持つように笑い合った。

 病室に残ったおばさんと別れ、私はお母さんたちのもとへと向かった。
「……お母さん、空良は？」
「太陽くんのお父さんと風に当たってくるって」
「そうなんだ」
 病院のロビーでイスに腰かけて、コーヒーを飲んでいたお母さんの隣に座る。
「さっきはありがと……。でも、なんでアルバムのこと知ってたの？」
 私の部屋の勉強机に立ててあったはずなのに……。

「掃除してるときに偶然見つけたのよ。勝手に見たら怒るだろうから黙ってたけど」

　そう言って小さく微笑み、言葉を続ける。
「咲希がアルバムを作る前に、現像してある写真を見かけてね。空良くんや咲希、太陽くん３人ってより、太陽くんメインの写真が多かったから、なんでかな……って思って、空良くんに聞いたの」
「空良に……？」

　お母さんの顔をジッと見つめる。

　それって、いつのことだろう？

　全然、知らなかった。
「太陽くんの思い出のためのアルバムだって教えてくれたわ。咲希はそのことを知らないから、秘密にしてくれって」
「……それっていつの話？」
「空良くんが、家に子供の頃の写真を持ってきたことがあったでしょ？　そのときに聞いたのよ。太陽くんが咲希に写真撮影とアルバム作りを頼んだって。それは、太陽くんの最後の思い出を詰めたアルバムになるだろうから、小さいときの写真も入れて、楽しいなつかしい、いい思い出のアルバムにしたいって。だから、アルバムを見つけたときに、どんな感じに完成したのかなって気になって、つい見ちゃったのよ」
「…………」

　そんな前から、お母さんは知ってたんだ……。
「本当はね、太陽くんが戻ってきたって知ったときは、びっ

「くりしたわ。咲希が辛い思いをするんじゃないかって」
「え？ お母さん、知ってたの？ アキが病気だって」
「えぇ。だから昔、引っこしたのもね。太陽くんは心臓が悪いってこと、咲希には知られたくなかったのね。いつだったか一度、家に来たのよ」
「……嘘。私、なにも聞いてないよ？」
　それって、アキが転校してきてからの話？
　全然、知らなかった……。
「秘密だからね。"咲希には俺の病気のことを知って泣いてほしくないから、病気のことは黙っててください"って頭さげられたの」
「……っ！」
　本当にアキは、私に病気のこと知られたくなかったんだね。
　私が悲しい思いをするのがわかってたから。
　いつも私のことを、思ってくれてたんだね……。
「咲希、太陽くんからね、手紙を預かってるの」
　私の涙をハンカチで拭うと、お母さんはカバンから封筒を取り出し、私の手に握らせた。
「手術当日に届いたの」
　封筒を受け取り、封を開けると、中には１枚の写真が入っていた。
　それは、空良に頼まれてアキに渡しにいったもの。
　空良の家でお泊まり会をしたときに中庭で撮った、アキと空良、そして私の３人が写った笑顔の写真だった……。
　ジーッと写真を見つめていると、お母さんがなにかに気

がついた。
「うしろに、なにか書いてあるわよ？」
　そう言われ、写真を裏に向ける。
「……なに、これ」
　写真の裏にはマジックで、こう書かれていた。
"咲希の笑顔が一番好き"
「……っ、アキ〜……」
　ズルイよ、アキ。
　こんなこと言われたら、もう泣けないじゃん。
　私はアキのこと、なにも知らなかった。
　病気のことも。
　病気だってわかったあとも。
　私だけ、なにも知らなかった。
　いつも自分のことで精いっぱいで、アキのこと、なにもわかろうとしていなかったのかもしれない。
　幸せにしたのは、私じゃない。
　私がアキに幸せにしてもらったんだ。
　アキ、ごめんね……。
　それから、ありがとう……。
　次は絶対に、私がアキを笑顔にするよ。
　幸せにする。
　約束するから……。

太陽と空と希望

【咲希side】

ミーンミーン……と騒がしいぐらいに蝉の鳴き声が響き、太陽がジリジリと地面を焦がす。

教室には開けきった窓から入る生ぬるい風が広がっている。

高校最後の夏休みが終わった。

夏休みは毎日のように夏期講習があり、アキのところへ行く時間もないくらい、忙しい毎日を送っていた。

夏休みに入っても、アキは目覚めることはなかった。

だけど、アキは必ず目覚めると信じて、私は会いにいかなかった。

「……暑い」

パタパタ〜と下敷きであおぐ未来ちゃん。

「早く冬になんないかな」

「夏休み終わったとこだよ」

「あぁ……夏嫌い」

げんなりした表情を浮かべる未来ちゃんに笑い返す。

アキが手術をしてから数ヶ月がたっていた。

「受験早く終わらして、どっか行きたいなー」

「パーッとはしゃぎたいよね」

そう言うと早速、未来ちゃんはスマホで気分転換になるようなことがないか、検索しはじめた。

夏休み、夏期講習がない日は気分転換も必要だと、よく未来ちゃんに遊びに誘われた。
　プールや買い物に映画、本当に受験生かと思われるぐらい遊んでしまっていたかもしれない。
「……咲希ちゃん」
「ん？」
「高峰くんも誘って！」
「空良も？　来るかなー？」
　空良は医大を目指しているから勉強が忙しいらしく、前みたいに遊ぶことは減った。
「高峰くん、ずっと勉強し続けてるんだから、１日ぐらい息抜きが必要だよ！」
「んー……。聞いてみるよ」
「やった！　ありがとう」
　未来ちゃんはまだ空良に好意を寄せているみたいで、ことあるごとに空良の名前を出す。
「未来ちゃん、空良に気持ち伝えたら？」
　もう告白しちゃえばいいのに。
　見ているこっちがじれったい。
　空良がOKするかはわからないけど……。
「ええっ!?　無理だよ!!」
　なに言ってんのー？と、顔をまっ赤にしながら怒る未来ちゃん。
　可愛いな。
「……でも、いつかは言えたらいいな」

「うん。応援してるよ」
　優しく微笑む未来ちゃんに微笑み返す。

　学校も終わり、電車通学の未来ちゃんと一緒に駅まで向かう。
「じゃあね！　勉強がんばろう！」
「うん。バイバイ」
　駅に着き、改札口へ入っていく未来ちゃんと手を振りながら別れ、家に向かって歩きだす。
　アスファルトから跳ね返る熱が、暑さを倍増させる。
「んー……暑い！」
　ムシムシした空気が体にまつわりつく。
　そういえば、アキが転校してきたときも、こんな風に蝉が鳴いてて暑かったっけ。
「……早いな」
　あれから1年たつんだね。
　去年の夏は、アキといろいろな思い出ができたな。
　体育祭にデート、それに冬はお泊まり会。
　病気のことを知らずに、アキに避けられて辛かったっけ。
　でも、想いが通じ合った。
　あのときはすごくうれしくて、毎日、アキの顔を見るのがドキドキしてはずかしかった。
　アキと別れて、幼なじみに戻って辛いこともたくさんあったけど、振り返れば楽しい、幸せな思い出ばっかりだったなと思う。

そんなことを考えながら、家へと足を進めていると……。
「咲希」
　……えっ？
　名前を呼ばれた気がして振り向く。
　空は青く、白い雲からまぶしい光が差し、地面に反射している。
　気のせいかな……と思いつつも、遠くに見える人影を見つけた。
　目を細め、人影を確認する。
『でも……もし、万が一、手術がうまくいったら……』
　少しずつ近づいてくる姿に、私は声が出ない。
『迎えにいってもいい？』
　小さなヒマワリの花を一輪、顔を隠すように手に持ち、近づいてくる。
　私の目の前まで来ると、ヒマワリを顔からずらし、笑ってこう言った。
「遅くなってごめん」
　固まって動けずにいる私に、変わらない優しい笑顔を向ける。
「ヒマワリの花言葉、覚えてる？」
　覚えてるよ。
　だって、私が教えたんだもん。
"私はあなただけを見つめる"
"あなたを幸福にする"
　そういう意味があるんだよね。

だんだんと目に涙がたまってくるのをこらえ、小さくうなずく。
　アキはそんな私の手にヒマワリを握らせた。
　そして、優しく微笑みながら言葉を続けた。
「迎えにきたよ」
　そう言って、私の頬を流れる涙に優しく触れた。
「……遅いよ、バカ」
　ふたりで微笑み、手をかざし空を見あげる。
　太陽が高く感じた。

END

あとがき

　初めまして、陽-Haru-です。
　今回は『サヨナラのその日までそばにいさせて。』を書籍化していただき、すごくうれしく思ったのと同時にびっくりしました。

　この作品は何年か前に書いた作品で、今、書籍化という形で新たに皆さんに読んでいただくとは思いもしませんでした。

　野いちごのサイト版のラストもよかったと言ってもらえたのですが、今回書籍化にあたり、ラストが異なっております。
　サイト版を読んでくださった方も、サイト版とのちがいを楽しんでいただければと思います。

　この話は関西弁の男の子を書きたいなと思ったのがきっかけでした。
　そこに"心臓病"という重いテーマを加え、命のありがたさや生きる意味、難しさ、幸せがなにかなど、なにか読者のみなさまに感じていただけるものがあるといいな、と思いながら書きました。

正直、この小説を書いたときは、自分でも命のありがたさをわかっているのか、また読者のみなさまにちゃんと伝えられているのか、自信はありませんでした。
　しかし今回、書籍化の話をいただいたとき、ちょうど出産をした直後だったので、命の重さをあらためて実感することができました。

　咲希や太陽、空良の気持ちを中心に書きましたが、自分が実際に親になってみると、太陽の両親の気持ちや立場が、同じ親としてわかるようになったなと思います。

　これから成長していく我(わ)が子を見ていると、子供の自由や好きなことを尊重(そんちょう)したいとは思いつつ、親としてのさびしさや悔しさ、やるせなさなど、子供を持ってはじめて実感する感情が出てくるんだろうなと思いました。

　今回、書籍化にあたり、編集者さまには時間がない中でたくさん助けていただき、書籍化を実現することができたと思います。

　ご迷惑をおかけしながらも、一緒に作品を作りあげてくださった編集の渡辺さん、スターツ出版のみなさまのおかげです。
　本当にありがとうございました。

2016.12.25　陽-Haru-

この物語はフィクションです。
実在の人物、団体等とは一切関係がありません。

陽-Haru-先生への
ファンレターのあて先

〒104-0031
東京都中央区京橋1-3-1
八重洲口大栄ビル7F

スターツ出版（株）書籍編集部 気付
陽-Haru-先生

KEITAI
SHOUSETSU
BUNKO
野いちご SINCE 2009

サヨナラのその日までそばにいさせて。

2016年12月25日　初版第1刷発行

著　者	陽-Haru-
	©Haru 2016
発行人	松島滋
デザイン	カバー　高橋寛行
	フォーマット　黒門ビリー&フラミンゴスタジオ
DTP	株式会社エストール
編　集	渡辺絵里奈
発行所	スターツ出版株式会社
	〒104-0031 東京都中央区京橋1-3-1　八重洲口大栄ビル7F
	TEL 販売部03-6202-0386（ご注文等に関するお問い合わせ）
	http://starts-pub.jp/
印刷所	共同印刷株式会社

Printed in Japan

乱丁・落丁などの不良品はお取替えいたします。上記販売部までお問い合わせください。
本書を無断で複写することは、著作権法により禁じられています。
定価はカバーに記載されています。

ISBN 978-4-8137-0187-3　C0193

ケータイ小説文庫　2016年12月発売

『お前しか見えてないから。』青山そらら・著

高1の鈴菜は口下手で人見知り。見た目そっくりな双子の花鈴とは正反対の性格だ。人気者の花鈴にまちがえられることも多いけど、クールなイケメン・夏希だけは、いつも鈴菜をみつけてくれる。しかも女子に無愛想な夏希が鈴菜にだけは優しくて、ちょっと甘くて、ドキドキする言葉をくれて…!?

ISBN978-4-8137-0185-9
定価:本体 590円+税

ピンクレーベル

『泣いてもいいよ。』善生茉由佳・著

友達や母に言いたいことが言えず、悩んでいた唯は、第一志望の高校受験の日に高熱を出し、駅で倒れそうになっているところを、男子高校生に助けられる。その後、滑り止めで入った高校近くの下宿先で、助けてくれた先輩・和泉に出会って…?　クールな先輩×真面目少女の切甘同居ラブ!!

ISBN978-4-8137-0184-2
定価:本体 590円+税

ピンクレーベル

『たとえば明日、きみの記憶をなくしても。』嶺央・著

高3の乙葉は、同級生のユキとラブラブで、楽しい毎日を送っていた。ある頃から、日にちや約束などを覚えられない自分に気づく。病院に行っても記憶がなくなるのをとめることはできず…。病魔の恐怖に怯える乙葉。大好きなユキに悲しませないよう、自ら別れを切り出すが…。

ISBN978-4-8137-0186-6
定価:本体 590円+税

ブルーレーベル

『感染学校』西羽咲花月・著

愛莉の同級生が自殺してから、自殺&殺人衝動を持った生徒が続出。ところが突然、生徒と教師は校内に閉じ込められてしまう。やがて愛莉たちは、校内に「殺人ウイルス」が蔓延していることを突き止めるが、すでに校内は血の海と化していて…。感染を避け、脱出を試みる愛莉たち。果たしてその運命は!?

ISBN978-4-8137-0188-0
定価:本体 590円+税

ブラックレーベル

書店店頭にご希望の本がない場合は、
書店にてご注文いただけます。